妖王的報恩

卷一・降妖

龔心文 著

高寶書版集團

第一咒〈南河〉

第二咒〈虺螣〉

目錄

第一咒〈南河〉

第一章　徒弟

袁家村的南面有一道清溪。

盛夏時節，這裡蟬噪鳥鳴、芙蕖飄香，是村裡孩子們的避暑聖地。鄉裡的孩子不比城鎮裡的少爺小姐，對他們來說，能藉著打豬草的空檔，在沁涼的溪水裡玩鬧一通，便是夏日裡最幸福的娛樂。

袁香兒掂了掂後背的籮筐，抖盡其中的水分。籮筐和她的個子幾乎一樣高，裡面裝滿了剛從溪裡撈上來的豬草。她調整呼吸後努力跟上姐姐們的腳步。在這個時代，七歲的她已被充作家裡的一份勞力，早已失去整日玩耍的資格。

因為一場意外車禍，袁香兒突然從繁華的現代社會穿越到貧瘠的中古時期。雖然她在初來的時候十分不適應，但七年的歲月使她逐漸習慣資訊閉塞、以手工勞作為主的田園生活。

早晨剛下過一場雷雨，坑坑窪窪的土路積了不少水。

孩子們赤著腳，嬉鬧著從積水的泥道上走過，沒有人注意到有個拇指大小的人形生物，正在腳邊的一小攤水坑中拚命掙扎。

它的個頭實在太小，細腿細胳膊，柔嫩的肌膚，外貌和人類一般無二，只是後背多了一對薄膜狀的翅膀。

翅膀被泥水澈底打溼，變得越發沉重，那小人只能拚命地將細細的胳膊伸出水面，一臉驚恐地不停撲騰。

然而路過的孩子們完全看不見那瀕死的生靈，只是笑鬧著從水坑邊上走過。

跟在隊伍最後的袁香兒突然停下腳步。

她趁無人留意自己的時候，不動聲色地蹲下身，伸出一根手指將水窪裡的小人撈出來。

溺水的小人在驚恐中得到解救，四肢並用，死死扒住袁香兒的手指。以致於袁香兒費了一點力氣，才將它從指頭上弄下來，掛在路邊一朵向日葵的花盤中。

小人癱軟在青褐的花盤上，小臉的五官皺在一起，合起兩隻小手舉到頭頂，對袁香兒拜了拜，開口吐出了幾口水泡泡。

有點可愛。

袁香兒的嘴角露出一點笑意。

不知道是不是因為經歷過一次死亡，自打穿越之後，她發現自己多了一個與眾不同的能力，可以清楚看見生存在這個世間的精怪魍魎。

但出於謹慎，她沒有將此事告訴身邊的親人。

這是一個民智尚未完全開化，崇拜又畏懼鬼神的鄉村，若是暴露奇特的能力，一不小心就會使自己被當作異端排斥。

這個世界上是否有其他人擁有和她一樣的能力，袁香兒不得而知。自從出生之後，她還沒有機會踏出這個村子，看看外面的世界。她只知道在這個人口不算太多的袁家村內，沒有發現任何一個和自己一樣的人。

無論是身邊的父母姐弟，還是村裡傳說能夠請各種大仙上身的神婆，都看不到那些混雜在大家身邊活動的小小精怪。

走在前方的長姐袁春花停下腳步，回頭看了遠遠落後的小妹妹一眼。她看著不到七歲的妹妹袁香兒正對著路邊的一朵向日葵傻笑，無奈地嘆了口氣。

家裡的三個姐妹，二妹天性喜歡偷奸耍滑，小妹倒是勤快又沉穩，只是不知為什麼經常喜歡對著空無一人的地方自言自語，甚至還會傻笑。

十二歲的袁春花在弟弟和妹妹面前，儼然是半個母親一樣的存在。她掂著背在後背的弟弟走了回去，從小妹的籮筐裡提出兩把溼答答的豬草，塞進自己手中的提籃裡，減輕了妹妹的負擔。

「別玩了，早些回家去，日頭高了，路上曬得慌。」

袁家父母一輩子面朝黃土背朝天，守著幾畝旱地過活。家裡除了一位纏綿病榻的老母親之外，底下還有一水兒嗷嗷待哺的孩子，日子過得十分緊巴巴。

大閨女出生在冬季，為了得個先開花後結果的好兆頭，硬生生幫她取名為「袁春花」。可惜天不如人願，果實沒有結，花卻接二連三地開。

第二個從娘親的肚子裡蹦出來、還是個丫頭的時候，袁奶奶的臉色已經抑制不住地難看了，於是二丫頭的名字也被直白地叫做「袁招弟」。

袁香兒作為家裡第三個誕生的賠錢貨，註定是個讓所有人都失望的存在。

剛穿越過來勉強睜開眼睛後，袁香兒首先看清的，就是母親那張發自內心嫌棄的臉，聽見的是父親蹲在門框外接連嘆息的聲音。

此刻她知道自己雖然在死後重獲新生，卻依舊是個沒有父母緣的人。

因為她的誕生，袁父終於察覺到，自己沒有能力取一個讓老袁家延續香火的名字，只得請村東的吳道婆幫拈了個名字，最終把三丫頭的大名定為「袁香兒」，這裡有個說頭兒，是能使袁家自此香火鼎盛的意思。

取了這個名字後，袁家果然接連添了兩個男丁，自此香兒的母親才覺得面上有了光，在婆家挺直了腰桿，於是長年累月，不忘鄰里鄰外地誇吳道婆神通了得。

打小聽多了這個傳說後，袁香兒多次用她那小胳膊和小短腿，艱難地翻上吳道婆家的矮牆看她頂仙辦事。

每每這個時候，那個院子都會有村民聚集，只見吳道婆立在敞開的前廳堂口中，拜七星，香碗一放，唱唱跳跳啟靈符。

雖然熱鬧得不得了，可惜不管吳道婆跳得多賣力，表演得多出神入化，在那個花花綠綠的堂口裡，袁香兒看不見半分靈氣。可以肯定不論是黃大仙還是胡娘子，一位都沒有出現過。

只有吳道婆獨自一人掐著嗓子，開口宣稱自己能通神機鬼藏，糊弄前來尋求幫助的村民瑟瑟發抖，頂禮膜拜。

於是袁香兒知道，自己只能把這種忽悠人的頂神儀式當熱鬧來看，並不能從中窺視到一星半點兒她想要了解的東西。

她慣常扒拉的牆頭是一個視野俱佳的好位子，邊上時常有一個長著狐狸尾巴的小男孩爬上來，再邊上可能是一隻還不會化形的黃鼠狼，或是一位垂著一雙兔子耳朵的小姑娘。

大家心照不宣，互不打擾地「看熱鬧」。

去的次數多了，那位有著狐狸尾巴的少年發現這個人類的幼崽竟然能夠看見自己，對此感到十分新奇，伸手將幾個從山裡帶來的榛果栗子給袁香兒，大家一起邊磕果子，邊看院子裡的吳道婆表演節目。

穿越前的袁香兒家庭經濟條件優越，物質生活富足，從小就享受著優秀的教育資源，人生的大道寬敞明亮，是人人豔羨的大家小姐。

但她並不知道自己的父親是誰，母親是一位事業型女強人，獨立且強悍，一生未婚。

打從袁香兒有記憶起，母親素來妝容凌厲，衣著精緻，永遠踩著高跟鞋來去匆匆，哪怕偶爾停下腳步，撥冗見上女兒一面，也是一副嚴厲而刻板的模樣。

陪伴袁香兒在那棟奢華別墅中渡過童年的，可以說是家裡不斷更換的家政阿姨，還有她越養越多的小貓和小狗。

即便活得如此寂寞孤獨，卻在自己死於車禍的那瞬間，強烈體會到想要活下去的意念。

牽著袁香兒走在田埂上的長姐，在察覺到妹妹的情緒變化後，順手摘了一朵路邊的野花別在袁香兒的髮辮上。

「阿姐恁的這般偏心三妹，我也要有花戴。」二姐袁招弟不滿地鼓起嘴。

背在袁春花後背、剛滿周歲的袁小寶也伸著小手，口齒不清地嚷嚷著，「花花，要花花。」

於是袁春花摘了一大把野花，幫妹妹們戴了滿頭，又幫弟弟編了個花環，頂在他黃毛兩三根的小腦袋上，姐弟們一路笑鬧著向家裡走去。

明明生活過得艱苦且忙碌，但就是這樣的熱鬧和簡陋，使日子多了幾分煙火味，反而將袁香兒曾經寂寞而缺憾的童年補上小小的一塊。

土路的那一頭，一位白髮蒼蒼的老者迎面朝他們走來。它鬚髮皆白，穿著一身華美的綢緞衣物，不緊不慢地緩緩走來。

袁香兒一眼就掃到了它笑咪咪的模樣，愣了一下，瞬間起了半身的雞皮疙瘩。

這位老先生和常人一般無二，身上並沒有透出任何怪異之處。但越是如此，越讓袁香兒心驚膽戰。

在這個貧瘠的小村子裡，勞碌了一輩子的老人們多半是滿臉溝壑、脊背佝僂的模樣。

猛然間在田埂的泥道上，出現一位衣著精美、容貌清俊的老者本應十分稀罕，可身邊的姐姐們卻對突兀出現的人物毫無反應。

袁香兒心裡知道，這必定又是一位只有自己才能看見的特殊存在。

這個世界的妖精鬼魅之間也大有不同，那些混雜在人群裡的小狐狸和小花妖除了偶爾會惡作劇，並不能真正傷害到人類。

但此刻走過來的這位老人，不僅能在正午的陽光裡於人類居住的村莊中悠閒散步，更能夠毫無破綻地將外貌化為人形，是個自己不能隨便招惹的「大妖怪」。

袁香兒拉著二姐袁招弟的手，裝出一副若無其事的樣子，彷彿和姐姐們一樣看不見迎面走來的老者。

雙方的距離越來越近，袁香兒漸漸緊張，她努力把視線固定在遠處，對近在咫尺的老者視而不見，手心已然開始出汗。

錯身而過的時候，老人突然彎過身子，把笑咪咪的臉擺在她的面前，「小姑娘，妳看得見老夫吧？」

袁香兒的臉色瞬間發白，一下子繃緊身體。

「香兒，妳幹嘛？抓得我都疼了。」二姐不滿意地嚷嚷。

袁香兒說不出話來，她不知道這個時候的自己該做出什麼樣的反應。對方有可能只是想詐她一下，但她在那瞬間沒有忍住，已經露餡了。

雖然她具有能看見妖魔的能力，卻沒有任何防禦的辦法，如果這位「老人」要對他們姐弟做些什麼，她完全束手無策。

袁香兒只能閉著嘴，僵硬地跟著姐姐向前走，繼續維持著面無表情的模樣，緊張地從老者身邊走過。

「肚子好餓，阿姐我們午飯吃什麼？把剛撈的蜆子煮成湯吧。」二姐袁招弟還在沒心沒肺地想著中午的伙食。

「妳就知道自己饞，得等阿爹和阿娘晚間下田回來才能吃。」大姐袁春花回道。

極度緊張的袁香兒眼睜睜看著兩個姐姐對身邊的危險毫無所覺，神色輕鬆地相互說著話，貼著老人的衣角走了過去。

幸好對方沒有為難他們的打算，只是笑咪咪地站在一旁，輕輕鬆鬆放他們離開了。

三伏天裡，豔陽高照，袁香兒出了一背的冷汗。

老人駐立原地，看著袁香兒慢慢走遠的背影，撚著鬍鬚點點頭，「果然是個資質不錯的孩子，小小年紀不僅開了天眼，還這樣處變不驚。難怪自然先生能為她而來。」

「哼，什麼處變不驚。我看她驚得腿都抖了，膽子比兔子精還小，個子還不夠我塞牙縫。」一種語調奇特的聲音從地底某處傳了出來。

「她不過六七歲，即便是人類也只算是個幼崽。如何和你這樣活了上千年的老怪物相提並論？」老者笑呵呵地說。

落日時分，漫天細碎的鱗雲被斜陽的餘暉染上金邊，似有謫仙泛舟雲海入凡塵，引得霞光疊嶂。

袁家罕見地來了客人，父母在前廳待客，姐姐們忙著燒水做飯，獨留袁香兒在院子裡劈柴。

袁香兒拎著一柄銳利的斧頭，黑著臉站在柴墩子前，對著空無一物的木樁低聲說話：「讓開。」

此刻在她的視線中，那矮矮的柴墩上癱著一隻雞，準確地說，是一隻穿著衣服的長脖子雞。

它整齊地穿著一件小小的灰色袍子，雙手規規矩矩地籠在袖子裡，一條又細又長的雞脖子從交領中冒出。這隻不倫不類的小妖怪，悍不畏死地把脖子擺在像斷頭臺一樣的木樁子上，展露出一副隨時準備慷慨赴義的模樣。

袁香兒心裡卻清楚得很，如果自己一斧子砍下去，那顆小小的雞腦袋便會骨碌碌地滾落到地上，那隻斷了頭的小妖怪會高高興興地追出去，撿起自己的腦袋裝回脖子上，然後義無反顧地再次躺下。

它也不知道是在哪裡染上這古怪的愛好，喜歡躺在人類劈柴的墩子上，一遍又一遍地玩這種被砍頭的遊戲。

能夠清楚看見它的袁香兒不想陪它玩這種遊戲：「快走開，我要劈柴。」

小小的雞腦袋上，一隻眼珠向上，一隻眼珠朝下，兩隻眼睛轉來轉去，拚命避開和袁香兒的視線接觸，死乞白賴地躺在「斷頭臺」上不肯挪動。

「再不走的話，真把你當柴一起燒了。」袁香兒又好氣又好笑。

「香兒，妳又在自言自語了？」大姐袁春花的聲音從身後傳來。

袁香兒被嚇了一跳，收斂神色後轉過身，不好意思地撓撓頭。

大姐接過她手中的斧子後牽住她的手，看著她半晌不說話，眼眶卻紅得厲害。

「阿爹說……叫妳過去一趟。」她勉強說道。

「阿爹這時候叫我？是有什麼事嗎？」

姐姐搖搖頭側過臉去，嘴上不說話，卻避開了她的視線，悄悄抹去臉上的眼淚。

畢竟袁香兒不是真正的七歲女童。

父親在前廳和一位陌生的客人聊了許久，現在卻叫姐姐把自己帶過去，她的心中突然湧起一陣不祥的預感。

袁家所謂的前廳不過是一間四面漏風的茅屋，破舊的神龕上供著幾路神佛，長年的煙火燻黑了牆壁。一張脫漆的飯桌擺在當中，平日裡吃飯、待客和酬神都在這間屋子進行。

此刻的桌上擺著兩個待客用的粗茶碗，茶碗邊上蹲著三錠小小的銀錠子，明晃晃的顏色和如此破敗的屋舍格格不入。

袁父挨著桌子，盤腿坐在桌邊的一張條凳上，長年過度的勞碌使得這位正當壯年的男人露出一副疲憊蒼老的神態。他不停搓著粗大發黃的手指，看見自己的小女兒走進來的時候，有些侷促地低下頭。

在他的對面，坐著一位陌生的年輕男子，此人一身素色短褐，腳底蹬著草鞋，所坐的凳腿邊放著一頂竹編的斗笠，一副鄉野人家的打扮。

穿著平凡無奇衣物，坐在這樣簡陋貧瘠的屋子裡，這個男人不過是隨性一坐，卻令人怎麼樣都無法忽視。彷彿他不是坐在一張油汪汪的桌邊，用一個缺了口的大碗公喝著粗茶；而是身在青松映雪的雅居，芝蘭之氣的畫棟，正品著一杯融雪煎香茗，富貴閒人，逍遙自在。

看見袁香兒進來，他抬起目光，含笑向小小的女孩頷首示意。

袁香兒的視線在屋內轉了一圈後，落在桌面那三錠銀錠子上。在這樣的窮鄉僻壤，村民之間的交易大多是用銅板、金銀，並不會輕易出現這樣的貨幣。

陌生的客人，大額的交易，家徒四壁的境況。

袁香兒最終把目光落在自己喊了七年的父親身上，但父親卻迴避了她的眼神。於是，她知道血脈至親的父母不堪五個孩子的負荷，把自己當作商品賣掉了。

晚風從牆洞的缺口灌進來，吹得袁香兒心中有些寒涼。

對她來說，如果一定要把家中的一個女兒賣掉，相比即將成年的長姐和莽撞無知的二姐，一個來自異界的亡靈確實最適合離開這個家。

上一世沒有父親，也極少得到母親的溫柔。在這個世界渡過了七載寒暑，她曾以為雖然家境貧瘠，但好歹彌補了自己童年的那份遺憾。如今才猛然發現，自己相對於這個家、這個世界，依舊是個格格不入的過客。

既然只是客，也就沒什麼好難過的。

「先生，這就是三丫頭。」袁父稱呼年輕的客人為先生。在這個年代，讀書識字、驅魔除妖、帳房算帳的……都可以稱之為先生，只不知道這個男人是屬於其中的哪一種。

那位先生看著袁香兒，緩緩自報家門：「我姓余，名瑤。字自然，別號鯤鵬。修習陰陽五行之術，機緣巧合，見妳資質獨特，動了傳承技藝的心思，欲收妳為徒，不知妳是否願意？」

袁香兒想說自己不願意。

憑什麼要我跟陌生人離開住了七年的家？

這個好不容易才適應，決定即便生活艱難也要好好生存下去的家。

眼前這個突然出現就神神叨叨的男人，大概是和吳道婆一樣的騙子，誰知道他買回自己的真正用意是什麼。

袁香兒看向自己的父親，父親卻沒有看她，眼神緊緊流連在桌面那刺眼的銀兩上。這個人出的價格讓父親喜出望外，袁香兒知道自己大概是留不下來了。

「可以。」她淡淡地說。

袁父聽到這句話，方才抬起頭來看向七歲的小女兒。

那孩子長得瘦瘦小小，平日話也不多，一雙眼睛卻分外的清澈，直直看過來，彷彿能看透他的心，看明白世間的一切。

雖然出生的時候被嫌棄過，但這些年自己好歹抱過她、逗過她，看著她一點一點地長大。

直到這個時候，男人才總算記起這是自己的血脈。他那顆因為得到意外之財而欣喜的心，終於升起了一絲真正的愧疚。

但今年的收成實在不好，如今家裡已經揭不開鍋，總不能挨到冬季斷了糧，買不起冬衣，全家一起餓死或凍死。

繼承香火的兒子肯定是不能賣的，能放棄的也只能是三個女兒中的其中之一了。三錠十兩的銀子，放在農村裡使用可是一筆大錢。不僅能使全家順利熬過這個年景不好的冬天，甚至能省下部分留給兒子們將來娶媳婦用。

想到這裡，這位父親嘆了口氣，「去裡屋見見妳娘和妳奶奶吧。」

袁香兒定定地看了他半晌，扭頭進到裡屋。

母親正和長姐坐在床沿相對著落淚，見她進來，母親一把將她拉到身邊，伸手摸著她的腦袋，上下打量，眼裡掉下淚來。

母親的手心很熱，帶著長年勞作的粗糙感，眷念地反覆摩挲著袁香兒的肌膚，一種母親獨有的溫柔頓時傳遞而來。

僅此而已。

袁香兒等了很久，只看見不停滑落的眼淚，最終也沒等到一句挽留的話語。心頭燃起的那點期待終究涼了，於是她抽回自己的手。

「母親，我這就走了。」她說。

大姐袁春花正在將一張剛烙好的餅子和三兩件衣服，包進一個土布包袱裡，聽得這話，忍不住「哇」地哭了出來。

「娘親別賣了妹妹，要賣就賣我吧。」她哭著拉住母親的胳膊。

「別胡說。」母親哽咽地輕聲斥責。

哭聲引來在屋外玩耍的孩子們，袁大寶、袁小寶和袁招弟一眼就看見了大姐手中那塊噴香的烤餅，頓時嚷嚷著要吃餅。

袁母為難地看了看哭鬧的孩子們，又看了看即將離別的三女兒，最後還是伸出手，從那塊圓圓的餅子上撕下一小塊放進大兒子手中，又撕下一小塊放在蹣跚學步的小兒子的手裡，然後推開賴在地上吵鬧不休的二女兒，她將剩下的餅子塞進包袱裡，打好包袱，掛在袁香兒的胳膊上。

袁香兒冷了心肺，不再說話，扭頭離開。

袁家老奶奶臥病在床多年，袁香兒進到她的屋子時，這間昏暗的屋內瀰漫著一股發霉的腐臭味，當年袁香兒剛剛誕生的時候，身體還硬朗的奶奶叉著腰，站在家門口罵了一天的街，把母親罵得羞愧難堪。

也許是因為年紀大了，一聽到孫女要離開的消息，行將就木的奶奶癟了癟沒牙的嘴，哆嗦地從床頭的陶罐裡摸索出一包用紅紙封著的飴糖，硬塞進了袁香兒的手中。

也不知道這包糖放了多少年，連紅紙都褪色了，袁香兒捏了捏奶奶藏了好多年的紅封，把它和缺了口的烙餅放在一起。

一家人將袁香兒和那位「自然先生」送到了家門口。

穿越到這個世間的七年裡，她的身分從女兒，妹妹，姐姐和孫女變成了徒弟。但她已經不打算在「徒弟」這個身分上付出任何感情。

袁香兒在心底默默盤算，該怎麼做才能離開這個想要當自己師傅的男人，獨自生活。

余瑤向她伸出手，那是屬於成年男性的手掌，寬大而有力，不滾燙也不冰涼，帶著人間恰到好處的溫度，緊握住她瘦骨嶙峋的小小手掌。

袁香兒被這樣的手牽著，最後回頭看了一眼。

簡陋的茅屋和破舊的圍牆，簇擁在大門外的一家七口。圍牆上探出一個長脖子的雞腦袋，兩隻尖尖的狐狸耳朵，和幾個探頭探腦的小東西。

斜陽的餘暉正是好時候，天邊晚霞的色澤變得濃郁而絢爛。

她在這悽楚的色彩中揮別生活了七年的家，不再回頭，牽著陌生人的手向著晚霞深處走去。

袁招弟看著妹妹漸行漸遠的背影，才終於明白發生了什麼事。

「哇，我不吃餅子了，不吃餅子了，阿娘別把妹妹賣了！」

她中氣十足的哭鬧聲被夏日的涼風送得很遠，使袁香兒那顆苦澀的心稍稍好過了一些。

第二章　師傅

袁香兒走在荒野外的小道上，天色一點一點地暗了下來。身後村莊的燈火已經完全看不見，前路是一片混沌的昏暗。

身邊的男人似乎沒有停下來歇腳的打算。在寂靜的叢林中，可以清晰聽見兩人踩著荒草枯枝時發出的聲響。

夜色濃厚，狐火蟲鳴，林木的枝條影影綽綽，彷彿無數恐怖的存在正躲在陰影中，悄悄窺視夜行荒野的二人。

袁香兒心裡有些害怕，因為她真切知道這個世界上有著那些奇特的生靈，所以比任何人都更加害怕這種荒郊野外。

她一路上緊繃著神經，擔心下一刻就會有一隻張著血盆大口的妖魔突然跳出來。

七歲的自己手無縛雞之力，身邊甚至連一個熟悉的人都沒有，只有剛認識不到幾個時辰的便宜師傅。

更準確地說，她甚至不知道這個所謂的「師傅」是不是人類。

袁香兒悄悄抬頭望了牽著自己的男人一眼，男人的眉目疏朗，肌膚瑩白，豐神如玉。在月色星輝的遙映下，顯得有些不真實。

他會不會也是個妖怪？

這樣的想法讓袁香兒頓時起了一身雞皮疙瘩。

余瑤停下腳步，看向一路乖巧跟在身邊的小徒弟。小徒弟只有六七歲的年紀，應該是累了，或許還有點害怕，畢竟是個身高才這麼一丁點的小姑娘。

「香兒是不是害怕？」余瑤在袁香兒的身前蹲下，「沒事的，有我在這裡，它們一般是不敢出來的。」

「它們」指的是什麼？

袁香兒看著他，不好意思告訴他自己恐懼的根源，大半來自於他本人。

余瑤從懷中取出一張符籙。這樣黃紙紅字的符籙在這個世界很常見，被民眾用在各種場合，不論是婚嫁喪葬，治病鎮宅，都可以看見有人虔誠地求來黃符，或是張貼佩戴，或是化水喝進肚子裡去。

不過袁香兒從來都不覺得它們能起什麼作用。

有時候她甚至能看見那些小妖精拿著這些號稱「壓祟驅邪」的符條，當作葉子牌玩耍。

余瑤手裡的這張，雖然也是尋常所見的黃紙紅字，但一拿出來，袁香兒就感覺到它的與眾不同。此刻在她的眼裡，那些赤紅朱砂書寫的符文，宛若有靈一般沿著筆畫流轉著殊豔的靈光，在一方黃紙的承載下，隱隱透著震懾人心的力量。

余瑤的長指翻飛，靈巧熟練地將符籙折疊成一個標準的三角形。他將折好的符輕輕別進袁香兒的腰帶裡，也不知道是不是心裡作用，腰間隱隱傳來一股溫熱感，讓袁香兒心頭一鬆，驅散了恐懼鎮定下來。

「妳……」余瑤蹲在她的面前，莫名為接下來的話感到有些不好意思，他沒有收過徒弟，所以不太知道該怎麼和這麼小的徒弟相處。

「妳願意叫我一聲師傅嗎？」

「師傅。」袁香兒的回答銜接迅速，毫無壓力，當然也沒多少誠意。

她的腦海裡沒有這個時代根深蒂固的師徒觀念，眼下對她來說唯一需要考慮的事，就是該怎麼讓自己年幼的身軀，在這個世間安穩地存活下來。

但余瑤似乎已經很滿意了，他伸手摸了摸袁香兒的腦袋，「師傅的家離這裡不算太遠，為了不讓妳師娘等急了，香兒辛苦一些，陪為師連夜趕路，行嗎？」

「可以的，我都聽師傅的。」袁香兒又甜又乖巧。

只要你不會突然變身成大妖怪，把我一口吞下去，我什麼都可以聽你的。

余瑤覺得很感動，他時常聽一些道友抱怨，帶徒弟是多麼辛苦而麻煩的一件事，但自己的小徒弟卻如此乖巧又可愛。

「來，為師背妳走。」他轉過身，把自己的脊背留給聽話又懂事的小徒弟。

袁香兒趴在余瑤的背上走了很遠的路，夜色已經深沉，蒼穹之上漫天星斗。

余瑤的步履十分穩健，帶著一種獨特的韻律，使得袁香兒開始昏昏欲睡。

她現在覺得這位師傅應該不是妖怪，那些大妖怪都是高來高去的，她還沒見過哪個妖怪以人類的姿態，老實地走著如此遙遠的路。

有了這樣的想法，袁香兒心裡放鬆了一些，年幼的身軀就再也抵擋不住睏意，在富有規律的輕輕晃動裡迷糊了。

這個人的脊背很寬，身上似乎帶著一點海水的味道。這讓前世居住在海邊城市的袁香兒覺得十分熟悉且安心。

她在這樣的搖搖晃晃裡依稀做起了一個夢。

在夢境中回到了童年時期，回到了自己已經幾乎忘卻的一段時光。在那裡有一個成熟而穩重的男人，袁香兒記不清他的面容，但母親卻罕見地對他露出溫柔的微笑。那個叔叔帶著自己和母親一起去了城市中最大的遊樂場，渡過了幸福又快樂的一天，直到天色暗下，城市裡亮起像星星一樣的燈光，他將玩累了的自己背在背上，慢慢走在那些漂亮的星光裡。

那時候的袁香兒心裡想著，這可能就是父親的感覺。她希望母親的笑容和父親的脊背永遠都不要消失。但當她第二天在臥室中醒來，一切都恢復了原狀。父親的脊背不見了，自己依舊睡在豪華而空曠的屋子內，母親變得比從前更加冷漠且行事匆匆。

* * *

長夜不知何時已經過去，天光大亮，袁香兒睜開眼睛，發現自己仍是七歲的孩童，依舊在那個搖搖晃晃的脊背上，師傅背著她走了一整夜的路。

盛夏的早晨，日頭就已經十分曬人，一頂青色的竹斗笠歪歪地罩著她的腦袋。袁香兒趴在那人的背上睜著眼，看著那些從斗笠縫隙中漏下的陽光在眼前晃動，突然覺得自己既然已經在這個世界做過了女兒和妹妹，那麼再做一個徒弟其實也可以。

她從余瑤的背上下來，看見自己睡了一夜的後背被汗水沾溼。師傅一面擦著額頭上的汗，一面取出水壺讓自己先喝。

余瑤那有些超脫凡俗的面目，在汗流浹背的模樣中漸漸蛻變，變得真實且富有人味。

袁香兒輕輕喚了一句：「師傅。」

這一句喚得很輕，卻終於帶上了一點真心實意。可惜余瑤聽不出其中的區別，他只覺得新收的小徒弟既軟萌又聽話，實在是好帶得很。

眼前出現了一道溪流，溪水潺潺向東流去，溪面上架著一道寬闊的石橋，橋的對面是一座熱鬧不凡的小鎮——闕丘鎮。

闕丘鎮是一座歷史悠久的古鎮，鎮子的南面是地勢險峻的天狼山，一道寬闊的溪流從崇山峻嶺中流出，環繞過小鎮一路東去。

「師傅的家就在這裡。」余瑤和袁香兒介紹，他牽著袁香兒的手緩步穿過石橋，步入那喧鬧的凡塵。

「先生回來啦，這是誰家的女娃娃，長得這樣標緻。」

「哎呀，先生收了徒弟，那可要恭賀先生。」

「這是剛從溪裡得的活魚，正想送去給先生嘗個鮮，又怕吵到娘子休息。趕巧在這裡相見，正好讓先生帶回家去。」

「先生何時得空，我家新添了長孫，想勞動先生賜個名字。」

「家裡的婆娘見天地睡不好，都說是寐著了。想請先生賜道符水。」

一路往來的行人，不論身分如何，都對余瑤十分熱情尊重，而余瑤對此似乎也習以為常，應對自如。

石橋是這個鎮子唯一的出入口，橋面上販夫走卒，來往穿行，橋頭不少小販兜售針頭線腦，果品飲食，更有表演雜耍技藝的江湖人士，場面十分熱鬧。

這一切對袁香兒來說很是新奇，她重生之後一直居住在人口稀少的小村落，還是第一次接觸到這樣多采多姿的古代集市。

正看得高興，她突然停下腳步，拉了拉余瑤的袖子。

「怎麼了？」余瑤順著她的目光看過去。

一個高出普通人大半截的身影，正站在人群密集的橋頭。那個人影肩寬頭小，面目漆黑，一雙眼睛豎著長在臉上，正站在橋柱邊彎著腰、伸著腦袋看一個攤位上販賣的米糕。

賣米糕的老者笑盈盈地招呼來往行人，完全沒有看見幾乎壓在他頭頂上的那道身影。

余瑤笑了起來，小徒弟果然和卦象上顯示的一樣，天賦不凡，小小年紀就開了陰陽眼，是個繼承自己衣缽的好苗子。

「此妖名為袜，黑首從目，模樣古怪，但性情平和，雖喜歡在人群中行走，但大部分的時候並不會驚擾他人。香兒不必介懷。」

「師傅，你也和我一樣看得見嗎？」袁香兒意識到師傅和自己一樣，能夠看見那些東西。

看來師傅至少比裝神弄鬼的吳道婆要好得多。

這麼多年了，那些妖魔明明就生活在他們身邊，卻只有自己能看見，只能一直憋在心底，無處述說。

這次終於遇見一位在他面前不用偽裝，甚至能隨意交流的人了，袁香兒十分歡喜。

「是了，我們袁家村也有各種奇奇怪怪的小妖怪，雖然皮了點，但是大部分對人類都沒有什麼惡意。」她和余瑤說起自己的經歷。

「妖魔和人族不同。它們性情不定，無所拘束。兩族劃界而居，大多時候互不攪擾。但偶有大妖一時興起，為禍人間，令人類防不勝防。」

余瑤將目光投射到闕丘鎮南面的萬千大山中，那裡曾經是上古妖族天狼族的巢穴。雖然天狼族如今早已不在這個世間，但大山深處依舊盤踞著一些十分恐怖的大型妖魔。

「香兒妳要記得，雖然我們住在山腳下，但不可隨意進入天狼山深處，更不能招惹深居其中的那些大妖怪，有一些是連師傅都難以對付的存在。」

袁香兒此刻的心情很好，什麼話都好說。她看了遠處連綿不絕的青山一眼，保證道，「嗯，我不會去招惹他們。」

師徒二人沿著鎮子的青石板路一路前行，穿過最為繁華的地段，兩側的房屋和行人開始變得稀少。

夏日的天氣說變就變，剛剛還豔陽高照的天空，轉眼間布滿了黑漆漆的雷雲，「嘩啦」一聲倒下雨來。

街上的行人紛紛躲避，余瑤將斗笠罩在袁香兒的頭頂上，一把抱起她向前跑。

「香兒不急，已經到家了，就是前面那座院子。」他伸手指給袁香兒看。

道路的盡頭青山斜阻，山腳之下隱隱露出一棟水磨磚牆的清涼小院。院牆內蒼松疊翠，修竹斜倚，雖不顯奢華，卻有清涼自在之意。

還未奔到近前，院門突然開了，從內伸出一雙舉著竹傘的纖纖玉手來。

「雲娘，妳怎麼出來了？」余瑤踩著泥水，加緊向前跑了幾步，接過那把竹傘。

持傘之人藉著門楣露出半張芙蓉面，青衫羅裙，美鬢如雲，是一位令人見之忘俗的古典美人。只可惜體態單薄，弱柳扶風，有一種病體纖纖之態。

袁香兒知道這位就是師傅一路念叨了幾次的師娘。她乖巧伶俐地在余瑤的懷裡喊了一聲「師娘」。

雲娘點了點頭：「我想著你沒帶雨具，就到門口來迎一迎。這就是新收的徒兒？」

她的聲音清冷，語氣平淡，沒有特別的熱度，看不出喜好。

師娘的身體顯然不太好，大暑的節氣，面色蒼白，氣血不足，穿得一身嚴嚴實實的衣物，還在肩上搭了件外披。

袁香兒懷疑，別說淋上這麼一場雨，只要刮一陣大風都有可能將這位師娘吹跑。

余瑤一手抱著袁香兒一手撐著傘，傘蓋嚴實地遮在妻子和小徒弟的頭頂上，倒把自己的大半個身子都淋溼了，三人一道順著院子的石子路向裡走。

庭院四周參差不齊地生長各色花木植被，並沒有經過修剪雕琢，凌亂中顯出幾分野趣。最為顯眼的是一棵梧桐樹，枝幹擎天，亭亭如蓋。

一道細聲細氣的聲音，突然從那繁密的枝葉內傳出：「我還以為收了個了不得的徒弟，不過是一個黃毛丫頭而已。早知道讓我去一把拎來就是，也值得你這樣大老遠地跑一趟。」

袁香兒伸出腦袋，從雨傘的邊緣往上看，梧桐粗壯的枝幹上扒著一個類人形的生物，一張雌雄莫辨的人面，眼瞼四周描繪著濃墨重彩的胭脂紅，頭戴一頂紅色的冠帽，兩條長長的殷紅頭巾從白皙的臉頰垂落下來，在翠綠的枝葉中隨風輕擺。它枕在胸前的雙臂上遍布純白的羽毛，身後更有長長的翎羽從枝幹上垂下。

「這是竊脂，是為師的使徒。」余瑤幫袁香兒介紹。

穿過庭院，一圈吊腳檐廊環抱著數楹屋舍，紙窗木榻，簡潔雅致。余瑤將雲娘和袁香兒接到檐廊上，自己站在廊邊抖落傘上的雨水。

雲娘沒有多餘的言語，施施然穿行過長廊，進入南面的一間屋內，不再露面。

袁香兒腳邊的地面上突然浮現出半個人面牛角的腦袋，把她嚇了一跳。低沉的聲音從吊腳檐廊的木質地板下響起，「這樣的女娃娃也能修習先生的祕術？我看還不夠我一口吃的。」

「這是犀渠。它的脾氣有些不好，」余瑤笑著介紹，「但它們都很厲害，即便師傅不在，有它們守在家裡的時候，妳就不用害怕，可以放心地玩耍。」

就是因為有它們在，我才會害怕吧？袁香兒看著犀渠那副凶神惡煞的相貌，心裡腹誹。

「使徒是什麼意思？」

「我等修行之士以術法折服妖魔，若不願弒之，可以祕術與之結契，以為驅使，故名使徒。」

「原來還可以這樣。師傅可以教我這個嗎？我也想要使徒。」袁香兒興奮了，想著自己將來若是能控制一群妖精來保護自己，為自己跑腿做事，豈不是十分神氣。

於是她拉著余瑤的袖子，恨不得立刻學習術法來抓一隻小妖精契為使徒。

「當然可以教妳，」余瑤蹲下身，摸了摸她的腦袋，「只是此事並非那麼容易，想要得到第一隻使徒，至少也要等妳出師之後。」

自此袁香兒就在這個小院住了下來，開始了修行之路。

余瑤本人所學甚雜，涉獵極廣，不論是風水相學、符籙咒術、六壬堪輿、祝由十三科他似乎都拿得出手。

但袁香兒發現了自己最大的問題，就是她不識字，或者說不識這個時代的繁體字。看起來似懂非懂，讀起來卻完全不是那麼一回事，根本無法流暢讀通那些繁難的經學要義。

師傅余瑤雖然在術數上十分博學，講學之時能用自己的理解，將本應晦澀難懂的理論說得詼諧生動，淺顯易懂。但奇怪的是，他對簡單的幼童蒙學反而一竅不通。

余瑤在庭院的石桌上對著一本《千字文》看了半天，結結巴巴念到：「天地玄黃，宇宙洪荒……」

「這個天地玄黃的意思就是……是什麼呢？」他撓了撓自己的腦袋。

「天是黑色，地是黃色，宇宙寬廣無邊。」袁香兒中學的時候還是學過這兩句名句的。

「對對對，就是這個意思。」余瑤高興地點點頭，隨後指著後幾句話問袁香兒，「這個『閏餘成歲，律呂調陽』是什麼意思？」

袁香兒搖搖頭，這對於理工科的學生來說，已經超出理解範圍了。

於是師徒二人大眼瞪小眼，修行的大道艱難險阻，他們被攔在了第一步的識字上。

「人類的漢字確實太難了。」余瑤小聲嘀咕了一句。

竊脂的腦袋從樹幹上伸出來，殷紅的冠帶垂落在書頁前：「人類的術法很厲害，但他們似乎故意要把這種東西弄得艱澀，好不讓自己的同族輕易學習，真是一個特別自私的種族。」

犀渠低沉的聲音從地底響起：「我看他們是想防著我們妖族，害怕我們修習他們的祕術，否則以他們那嬌弱的肉體，只能充當我們的口糧罷了。」

「反正這些東西我也聽不懂，只有……能搞得明白。」

袁香兒沒有聽清犀渠最後呢喃的那一句話，因為這個時候，師娘的身影罕見地出現在檐廊的陰影中。

「識字這一塊，還是讓我來教吧。」雲娘籠著袖子，淡淡地開口說道。

來了這些時日，袁香兒知道師娘的身體實是孱弱，整日足不出戶，只在臥房靜養。師傅對她極其敬重疼愛，一日三餐端到床前，生活瑣事皆親力親為，悉心照料。

大概是因為精神不濟，師娘的性情很冷淡，寡言少語，對任何事都沒什麼興趣。除了剛到的那一天，袁香兒幾乎沒和她說上話，想不到她會主動提出教自己識字。

從此袁香兒每日會先和雲娘學半個時辰的字，隨後再跟著余瑤學一些採氣煉體、天機要決等等五行祕術。

雲娘的講學十分嚴謹，按部就班，循序漸進。

余瑤卻十分隨性，完全沒有章法，天馬行空，肆意妄為。有時他隨手折一把蓍草，就在草叢中教起天地大衍之術；有時又正經八百地沐浴薰香，給袁香兒演示行符唱咒的過程。從精奧正統的紫微斗數，到人人忌諱的厭勝之術。想到什麼說什麼，也不怎麼在乎袁香兒聽不聽得懂。

每日用過早飯，袁香兒便進入雲娘的屋子請安，雲娘會從床榻上起身，披上衣物，鬆鬆地挽起髮髻，坐在窗邊手把手地教她識文斷寫。

師娘的手很冰，說話的聲音一貫清冷，卻教得很用心，她時常握著袁香兒的手，教她用毛筆寫出一個個俊秀漂亮的字。

袁香兒的手背上傳來冰涼的觸感，她不禁為這位師娘的身體狀況擔憂。師傅的祝由術十分了得，時常有人大老遠地舟車勞頓，特意趕來求他賜一道靈符治病，都說能夠符到病除。

然而師娘不知道得了什麼病，即便是師傅也束手無策。

袁香兒覺得有些愧疚，病重的師娘每日還要為了自己，耗費半個時辰的精力講學。於是她越發上進，埋頭苦讀，加上本身就有的底子，在識字背書這方面算得上是一日千里，進步神速。

袁香兒拿出高中三年面對升學考的時候，所鍛鍊出來的拚勁來對待學習，畢竟如今要學的科目龐雜繁多，晦澀難懂，教學的師傅還不太可靠，她只能在聽課的時候認真筆記，課後自行歸整，查閱文獻，對照理解。

雲娘對她的文化學習成績感到欣慰，冰冷的面孔上終於露出一兩絲微笑，偶爾還會誇她進益了。

余瑤卻顯得憂心忡忡，他覺得年幼的弟子正應該是玩耍的年紀，不該這樣沒日沒夜地辛苦學習。他說過最多的話就是，「香兒妳怎麼還不出去玩耍？」

他擔心徒弟初來乍到沒有玩伴，甚至跟交好的四鄰八舍，但凡有孩子的家庭都打了招呼。以致於那些本來就因為新來的小夥伴，而躍躍欲試的皮猴們，再也沒了顧忌。吳嬸家的大花跟二花，陳伯家的鐵牛和狗蛋，每天都一窩蜂地湧進來，拉著袁香兒上山下海地玩。

師傅在這個時候，總是十分欣慰地站在門欄處揮手，「好好玩耍，酉時記得回來吃晚飯，師傅今日煲了妳喜歡的竹筍山雞湯。」

袁香兒對師傅的這種關懷很無奈，她並不想和這些六七歲的小孩混在一起玩，她真的只想好好學習。

無奈師傅盛情難卻，小夥伴熱情似火。她只好苦苦地降智到童年時期，開開心心地加入玩泥巴和掏鳥蛋的大軍中去。

陳家的老大鐵牛爬到一棵高高的拐棗樹上，樹下的一個個小夥伴都昂著脖子，用期待的眼神看著他，這讓他的心裡有些得意。

他悄悄瞄了余先生家的那位香兒妹妹一眼，這位妹妹剛來的時候，一副面黃肌瘦的樣子，在先生家養了沒兩年，小臉鼓了，肌膚也白了，水靈靈的模樣很是招人喜歡，巷內這一圈的孩子沒有不愛找她玩的。或許是跟在先生身邊學習，她和這裡的孩子都不太一樣，從來不會把自己弄得髒兮兮的，穿著一身乾乾淨淨的衣服，笑起來甜甜的。但若是香兒想要使壞的時候，誰都逃不了她的戲弄。

鐵牛摘下一掛掛綴滿拐棗的枝條，丟到小夥伴的手裡。別看這歪七扭八的棗子有些醜，吃到嘴裡可甜了，是孩子們最喜歡的零食之一。他藏著私心，將掛著最多、最飽滿的果實的枝條丟給了袁香兒。

袁香兒站在樹底下，抬頭看樹上摘果實的小朋友，她真正的童年，其實是在各種學費昂貴的才藝班中渡過的。

高檔的轎車，專職的司機，緊密到喘不過氣的行程表，每天來回奔波在上各種培訓課程的路上，完全不記得有什麼娛樂時光。

想不到已經二十幾歲了，重生一次，卻能這樣悠閒下來，得到一個無憂無慮、嬉戲玩耍的童年。

忙搶拐棗的孩子看不見，此刻，一個比他們高出數倍的黑色身影正站在袁香兒的身邊，是她當年第一天來到鎮上時，在橋墩上看見「袾」。

高高大大的個子，寬闊的肩膀，黑色小腦袋，腦袋上豎著眼睛的大怪物，混在一群孩子中，期待地看著樹上的孩子將果實丟下。

袁香兒又接到了一掛拐棗，大牛總能隔三差五地把果子準確地投到她的懷中，她甚至不用和夥伴們一窩蜂地衝上前去爭搶，懷中的果子就自顧自地增加了。

袁香兒目不斜視地看著樹頂，手裡卻不動聲色地將一掛拐棗遞給身邊的妖魔。那個大個子妖魔愣愣地伸出手，將它們接住了。

來了這麼久，袁香兒發現這隻妖怪雖然體型龐大，但確實和師傅說的一樣，只是喜歡混在人群中玩耍，並沒有做過什麼出格的事情，袁香兒也慢慢地不再害怕，她甚至覺得這隻妖怪說不定只是想要一掛果實而已。

果然，那個大個子妖怪捧著一小掛果實左看右看，蹲到一旁，歪著腦袋研究手裡的東西去了。

大牛從樹上跳下來，拍了拍褲子：「行了，就這些，再高的就摘不到了。」

「摘不到了嗎？我只有這麼一點。」

「好可惜，上面還有那麼多，下次帶一根竹竿來吧。」

小夥伴們惋惜地往回走，突然聽到樹頂一陣嘩啦啦的響聲，拐棗、樹葉、毛毛蟲劈頭蓋臉地落下來，砸了他們滿頭滿臉。

「哎呀，哪來這麼大的風？」

「好多果子啊，快撿起來。」

孩子們嘻嘻哈哈地一邊躲避，一邊撿起滿地的果實。

在他們看不見的世界裡，站在樹邊的黑色身影正鼓起胸膛，長長地吹出一口氣，那口氣竟然刮起了一陣颶風，搖下了樹上的果實。

大豐收的孩子們在溪水邊洗淨了拐棗，兜在衣襟裡，吃得一嘴甜滋滋的。吃飽後他們還有任務，需要進山裡撿一些柴禾帶回家。

在這些孩子中，只有袁香兒不用幹這個活。

她在平日裡既不用撿柴禾，也不用打豬草，甚至不用挑水做飯，每天不是學習就是玩耍，衣服總是很乾淨，小手白嫩嫩的，回家還有香噴噴的雞腿可以吃，是所有小夥伴豔羨的對象。

「香兒，我們一會兒就回來，妳在這裡等我們呀。」

夥伴們和她揮手告別，袁香兒獨坐在溪邊倒也不無聊，在這個沒有任何電子產品的世界，並不像她想像的枯燥無聊，反倒每天都讓她覺得新奇有趣。

比如此刻，在離她不遠處的溪岸邊，一個具有人類四肢，穿著青色衣物，卻長著青蛙腦袋的小人，正沿著一塊滑溜溜的大石頭往上爬。它似乎想要摘取垂掛在岸邊的樹莓，石頭上布滿苔蘚，滑不嘰溜，以致於它每每爬上幾步，腳下一滑，身體蜷成一團，一路滾落下去。

袁香兒躲在一旁偷看，起了壞心思，明明看見那隻青蛙人快要拿到果實了，卻悄悄伸出一根樹枝，在它腳下一撥，害得它撲通一下，又團團滾到草地去了。

她憋著笑，看著那小小的青蛙人愣頭愣腦地爬起來，青蛙人的視力似乎不太好，根本看不見在一旁靜坐不動的袁香兒。它從草地上爬起身後，呆頭呆腦地摸了摸腦袋，不明白自己為什麼會掉下來，只好重新往上爬，引得這位心地不太好的大小姐在心底嘿嘿直笑。

如此欺負了幾遍後，袁香兒聽見叢林深處隱隱傳來一陣細細的哭聲，她側耳聽了一陣，站起身來，拎著那隻青蛙人的衣領，把它放到岩石上，隨手捋下幾顆樹莓，托在樹葉上擺到那隻傻傻的青蛙人面前。

「不逗你玩了，拿去吃吧。」

袁香兒順著哭聲尋了過去。她分開灌木的枝葉，看見一隻山貓的幼崽被人類設置的鐵鉗夾住了，剛滿月大小的小貓腿上鮮血淋漓，無力掙脫，正趴在草地上掉眼淚，發出細聲細氣的哭聲。

看到了袁香兒後，它渾身炸毛，口吐人言喊了起來：「呀！是可怕的人類，父親大人救我，父親大人救命呀！」

袁香兒被它奶聲奶氣的聲音撩到了，她打從上輩子就喜歡毛茸茸的生物。她在小貓的大喊大叫中用力掰開鐵夾子，捏住小貓的後脖頸，小心翼翼地把它從陷阱裡提出來。

「呀！是人類，好可怕！不要靠過來，不要抓我！」小山貓被袁香兒提在手上，伸出嫩嫩的小毛爪子在空中四處亂抓，企圖反抗。

「別鬧，」袁香兒捏貓脖子的手法熟練，不讓這個小東西得逞，「我就看看你腿上的傷口。」

細細的毛腿上都是血，輕輕觸碰一下，就引起小貓炸毛尖叫，也不知道是疼的還是嚇的。

半晌，叢林中傳來一聲低沉且憤怒的吼聲，剎那間腥風撲面，飛沙走石，一隻巨大無比的貓妖從林中躍出，向袁香兒凌空撲來。

那裂開的血盆大口一路飛濺著唾沫，袁香兒可以清晰地看見裡面那一排閃著寒光的利齒，和布滿倒刺的巨舌。

這一口咬下來必定能讓她身首異處，血濺當場，神仙也救不回性命。

這是袁香兒第一次真真切切地體驗到妖魔的恐怖之處。不是玩耍，也不是練習，只要一個不慎，丟的就是自己的小命。

腥臭的氣息吹得她遍體升寒，死亡的恐懼鑽進毛孔，攝住了心臟，生死一線之間，師傅教授過的所有法術和禁咒，像是走馬燈一樣，在她腦海中過了一遍。

六甲神咒？不行，那個需要法器。

畫五雷符？別說在這樣緊張混亂的時刻，就連平日在家中，擺好案桌，沉心靜氣，十張中也未必能成功一張，還沒什麼威力。

擺天門陣？根本來不及啊。

調請陽神陰兵？哦，這個還不會。

袁香兒這才慌了，她發覺自己看似學了不少東西，臨到實戰之時，卻還是慌腳雞一般拿不出任何防禦手段。

大貓妖凌厲的爪風已經刮到皮膚上，袁香兒的腰間突然傳出一陣灼熱感。當年在離開袁家村的路上，師傅親手折的那道符，她一直隨身攜帶，此刻放在香囊中的符籙突然爆出一片金光，在袁香兒面前浮現出一圈紋路繁複的金色圓形圖文，那細密威嚴的符文金光閃閃，於千鈞一髮之際擋住了貓妖的猛烈一擊。

師傅的護身符保護了她。

「別衝動，這只是個誤會，這隻小貓並不是我傷的，我是恰巧路過。」袁香兒舉起手裡的小山貓，逮著機會試圖解釋情況。

那隻紅了眼的貓妖此時根本聽不進她的話語，憤怒地用爪子不停攻擊，這個脆弱的人類，只要一爪子就可以輕易地取了她的性命。

但不論它如何變換方位角度，那道金色的圓盾總能準確地出現在它面前，滴水不漏地擋住攻擊。

大妖的威壓和凶猛攻勢捲起漫天塵土，引得地動山搖，飛沙走石。一片天昏地暗中，只有那看似薄弱的金色符文，不斷亮起金輝，堅定地擋在袁香兒眼前。

袁香兒強迫自己鎮定下來，她是出來玩的，什麼也沒帶，只能咬破手指、收斂心神，凌空描繪出能夠召喚天雷的五雷符。

余瑤所傳的符法，和世間所傳儀式繁雜的製符過程不同，講究的是道法自然的一點靈光既是符。看起來似乎簡單了不少，實際上十分任性，那所謂的靈犀一點極難捕捉，袁香兒修習多時，依舊摸不著門道，時常在一、二十張符籙中，能有效用的不足其一。

師傅余瑤還不太管她，每日只會說：「香兒好棒，已經可以了，去玩吧，去玩吧。」

此時命懸一線，袁香兒不敢大意，凝神聚氣一筆成符。

紅色的符文在空中現出了淡淡的身影。

成功了！

袁香兒還來不及高興，就看到天空不緊不慢地飄來幾朵雷雲，細細地劈下一道閃電，電流打在像小山一樣的貓妖身上，一點效果都沒有，不過炸得它更加狂怒而已。

袁香兒氣得跺腳，只能駢劍指，再一次起符。

就在此時，她的眼前突然浮現出一隻游動著的青色小魚。

那小魚搖著尾巴，在空中迅速游動了一圈，袁香兒揉了揉眼睛，它就一分為二，變成了一紅一黑的兩隻小魚。

兩隻小魚首尾相逐，再轉一圈，逐漸變大，成為一個巨大的雙魚八卦。

身邊突然安靜下來，彷彿被罩上了一個巨大的透明圓形護罩，風沙也不吹了，大地也不晃了，空中凌亂的草葉正慢悠悠地飄落。

一個熟悉的身影出現在袁香兒面前，那人抬指輕揮，護罩外的貓妖就骨碌碌地滾出去老遠，沿途壓倒了一路粗壯的樹木。

天地間傳來如同嬰兒啼哭般的鳴叫，犀渠的身影從地底一躍而出，它後蹄刨地，黑色的身軀瞬間巨大化，頂著一雙尖銳的長角把剛剛爬起身來的貓妖撲倒在地。

余瑤臨空凝結四條透明的水柱，禁住貓妖的行動，並提起袁香兒手中的那隻小奶貓，將它拋過去。

「還給你，別再出現，否則將你封禁百年。」

那隻凶狠無比的巨獸弓著背，嗚嗚低吼。最終放棄了繼續攻擊的打算，叼起自己的孩子，幾步起躍，消失在群山之間。

袁香兒驚懼的心瞬間變得安穩，四肢脫力，一屁股坐到了地上。

余瑤轉過頭來看她，笑盈盈地摸了摸她的腦袋：「哎呀，香兒已經可以指空書符了！看樣子很快就能出師了。」

袁香兒心有餘悸地傻笑起來，此時的她覺得師傅所謂的出師，不過是玩笑之語。剛剛那隻險些取了她的小命，如高山般難以撼動的巨獸，師傅卻能在抬指之間輕鬆解決，自己比起師傅還差得遠呢，怎麼可能出師呢？

有師傅在，無憂無慮的童年似乎可以無限延續下去，每日輕鬆隨意地學學術法，和小夥伴或是小妖精們玩鬧戲耍一番，時光就如同涓涓細流，無聲無息地東流而去。

等院子裡的梧桐樹葉再次變黃的時候，師娘的病似乎越來越嚴重。她停止給袁香兒的授課，躺在昏暗的床榻上幾乎起不了身。

袁香兒進屋去看她，只見她面色青白，目光無神，如果不是偶爾還能微微呼出一口熱氣，幾乎就像一個早已經死去的人。

師傅余瑤在這段日子裡不再出門，大部分的時間都坐在床邊，握住那隻蒼白無力的手，沉默地看著床榻上的妻子。

自從相識之後，師傅對任何事物都十分隨性灑脫，甚至帶著幾分成年人身上少見的天真單純。袁香兒還是第一次看見他流露出淡淡憂傷的模樣。

在一個天氣特別好的日子，袁香兒站在梧桐樹下，忍不住開口詢問趴在樹枝上，看起來吊兒郎當的妖魔。

「竊脂，你知道師娘得的是什麼病嗎？」

樹冠中傳來一聲嗤笑，飄逸的潔白翎羽輕輕垂落，「她那個哪是病，不過是壽數到了，無以為續罷了。」

竊脂俊美的面孔從枝葉間探出來，「小香兒，妳知不知道，你們人類那短暫的壽命在我們妖族的眼中，和朝生暮死的蜉蝣沒什麼差別。我們妖族願意和人類結下契約，並非是無力反抗，不過是漫長的歲月過於無聊，藉此在人間遊戲一番罷了。」

它伸出白色的翅膀，在袁香兒的鼻尖上輕輕刮了一下，「我覺得自己不過是打了幾個盹，妳怎麼好像就長高了？是不是我冬天睡上一覺，妳就要變成白髮蒼蒼的老太婆，腐朽爛到泥地裡去了？」

「竊脂，她只是個孩子，你別嚇唬她。」余瑤的聲音從檐廊上傳出。

「哼，這不是早晚都得知道的嗎？」竊脂有些沒趣地收回翅膀。

余瑤從檐廊的陰影中緩步走出。正午的陽光明媚，將斑駁的樹蔭打在他溫和的面孔上，他伸手摸了摸袁香兒的腦袋，像往日一般笑盈盈地說，「確實是長高了不少。」

「師傅，竊脂剛剛說……」

「香兒，本門講究的是道法自然。」余瑤在她的面前蹲下，認真凝望著她的眼睛，「道生一，一生二，二生三，三生萬物，而這世間萬物都脫不了『自然』二字。人間生死聚散理應順其自然，本不該過度執著。」

余瑤對袁香兒的教導從來都十分隨便。「可以了，去玩吧，不懂沒關係」，是他最常掛在嘴邊的口頭禪。他很少說這樣玄之又玄的教義，袁香兒表示聽不太明白。

「現在不明白也沒事，只是師傅本來不願妳接觸那些山中的妖魔，但現在想想，為師自己都不能克制之事，又如何勉強於妳。只希望妳長大之後，能有和師傅不一樣的人生見解。」

袁香兒聽得一頭雲裡霧裡，她第一次這麼近地看著師傅的眼睛，這才發現師傅的眼眸和尋常人有些不同，清透深邃，彷彿裡面有深淵，有大海，承載著深海中的萬千世界。

也許是看著師傅的眼睛看久了，袁香兒在午睡的時候就夢到了大海，她彷彿做了一個很長的夢，聽了許久的浪濤聲，午後的陽光透過紙窗曬進來，庭院裡寂靜一片。

袁香兒醒過來後，揉揉眼睛，走到院子裡，總覺得有什麼東西和平時不一樣了。

不太對勁，未免太過安靜了。

除了竊脂和犀渠，師傅還有很多大大小小的使徒，往日裡即便師傅出門在外，依舊能在這座庭院的屋簷上、地板下、牆頭樹陰、花木之間聽見那些小小精靈們發出嘰嘰喳喳的聲響。

但是此刻，彷彿一切突然消失了，靜得連一聲蟲鳴都聽不見。

「竊脂？犀渠？」地板下沒有響起低沉的嗓音，院中的樹葉一動不動地靜立在樹梢。

「師傅？大家都到哪裡去了？」袁香兒雙手攏在口邊，對著庭院大喊。

梧桐樹下的石桌邊上坐著一個窈窕的身影，那人穿著一身輕薄的羅裙，鬢髮高盤在腦後，正抬頭看著天邊的雲霞。

聽見喊聲，她轉過頭來，氣色紅潤，美人如玉，正是袁香兒那久病不起的師娘。

「師娘，您怎麼起來了？」袁香兒又驚又喜地拉住了師娘的手，「師娘，您這是好了嗎？」

雲娘點點頭，伸手摸了摸袁香兒的臉頰。她的手掌既柔軟又溫熱，再不像往常那般冰涼。

「那可真是太好了，師傅知道這件事嗎？對了師娘，我師傅呢？怎麼到處都找不到他？」

雲娘淺淺地笑了笑，沒有回答這個問題，而是挽著袁香兒的手站起身，攜著她走出了院門外，「妳師傅有事出去一趟，要過些日子才會回來。」

因為師娘說這句話的時候帶著淺笑，袁香兒就沒想到所謂的「過些日子」，有可能是三兩天，也可能是經年累月。

集市上的鄉民們看見雲娘出門都十分新奇。

「哎呀，娘子這是大好了呀？」

「那先生可得高興壞了。」

「娘子要買哪些果子？不好叫娘子受累，讓我家的小子給您提回去。」

雲娘笑著一一回應，她和尋常人家的婦人一般，繫著一條頭巾，提著一個竹籃，彎著腰在集市上挑挑揀揀地買菜。

「師娘這是在做什麼？」袁香兒不解地問道。

「買些蔬果，準備今日的晚飯。」

「師傅不在家，師娘身子不好，這些瑣事交給徒兒來做就好，怎麼好讓師娘親自動手？」

余瑤在的時候，家裡打水煮飯的雜事，一向都是由余瑤一手包辦，袁香兒像是真正的孩子一般，無憂無慮地生活了這些年，她也很享受這種被當作孩子寵愛著的感覺。

如今師傅出門了，她覺得自己還是個有原則的人，該由自己挑起這些事，不能讓剛剛病癒的師娘勞累，畢竟自己實際上並不是一個孩子。

雖說她兩輩子都不會煮飯，但從現在開始學習也不算晚。

「瞎說，妳才幾歲，師傅不在，自然由師娘煮飯給妳吃。」雲娘伸出白皙的手指，在袁香兒的鼻子上輕點了一下，「妳師傅當初怎麼寵妳，如今師娘一樣寵妳。快說，晚上想吃點什麼？冰糖肘子吃不吃？」

袁香兒咽了咽口水，她正是長身體的時候，特別饞肉吃，於是她瞬間放棄剛立起的原則，「吃……吃吧，冰糖肘子誰不吃。」

二人手挽手地往家裡走去，天邊雲霞累覆，滿布細密鱗雲，霞光燦燦，有如謫仙過境。在袁香兒的記憶中，這樣漂亮的霞光她只看過一次，那是師傅到袁家村接自己的那一天。

第三章　使徒

院子的大門外響起砰砰的敲門聲。

「來了，來了。」袁香兒一路小跑著從院子的梧桐樹下穿過，打開院門伸出腦袋。

只見門外有著浩浩蕩蕩的一隊人馬，彩釉香車從者眾多，車子的主人身穿一身圓領織錦長衫，頭戴一頂輕紗帽，顯然是富庶人家的子弟。卻放下身段，讓一應僕從在身後等待，親自前來敲門。

「請問自然先生在家嗎？」客人叉著手行了個禮，恭恭敬敬地說話。他看起來十分年輕，相貌周正，只是左邊的眼眶上有著一大片瘀青，好像被誰狠狠地捶了一拳，顯得滑稽好笑。

又是一位大老遠跑來求師傅幫忙的。

袁香兒：「我家先生出遠門了，已經好些年都不曾回來。」

「先生不在家？哎呀，那可怎生是好？」客人來回搓著手，又問道，「可知先生何時歸來？」

袁香兒搖了搖頭。

自從那一年師傅突然消失，距今已經過去七年，袁香兒從一個豆丁一樣的小娃娃長成十六七歲的少女，都不曾再見到師傅一面。儘管已經過去了那麼久，依舊會有不知情況的人舟車勞頓，從很遠的地方特意趕過來尋求師傅的幫助。可惜的是，他們註定只能失望而歸。

袁香兒正在閉門送客，就遠遠看見師娘和斜對門陳家的嬸嬸，並肩從集市上歸來，她連忙推開門扉迎接師娘進屋。

「今日在集市上看見有人在賣小雞仔，十分可愛，便買了兩隻。」雲娘掀起蓋在籃子上的花布，露出兩團微微聳動的黃色毛球，「把牠們養在院子裡，好不好？」

師傅剛離開的時候，住在庭院內的妖精們也同時消失了，驟然的寂靜讓人很不習慣。或許師娘也感受到了這份寂靜，於是在院子裡養了不少阿貓阿狗、小雞小鴨，終於讓空落落的庭院重新熱鬧起來。

陳家嬸嬸看見袁香兒出來開門，趕上前親熱地握住她的手上下打量，余先生家的這個小徒弟，小時候瞧著倒也尋常普通，約莫是在先生的家裡沾染了仙氣，一年比一年出落得更漂亮了，為人處世也大氣爽利，就是自己看了都十分喜歡，難怪家裡的老大鐵牛整天放在心裡惦記。

於是她拍著袁香兒的手熱呼呼地說：「哎呀，好香兒，嬸子剛剛還在和妳師娘說，這樣的好姑娘，將來可不能隨便便宜了不知底細的臭小子。最好就近找一戶好人家，以後照顧妳師娘也兩相便宜。」

袁香兒大大方方地對她笑了笑，挽著師娘的手進門去。

那位準備離去的客人看見了雲娘，疑惑地打量片刻，幾個箭步跨了回來，「這位可是雲娘子？小人是周生啊，娘子可還記得小人？十五年前，先生和娘子一道路過洞庭湖，曾救過小人一命。」

雲娘看著他思索了半日，方才恍然想起，以袖掩口驚訝道，「原來是你啊，當年你不過是個十歲不到的孩童，想不到如今都這麼大了。」

周生連連打恭，「娘子倒是和從前一般無二，不曾想娘子還記得小人。當時幸得先生道法超然，救下小人性命，小人這些年時時記掛先生恩德，不敢或忘，百般周折打探到恩人仙址，特地前來拜會。」

雲娘將人讓進院子裡，也不進屋，只在梧桐樹下的石桌上入座。

那位周生在雲娘面前十分拘謹，以晚輩自居，不敢平坐，只是站著回話。

二人聊起往事，袁香兒在一旁聽了，知道這個叫周生的男子在年幼時得過一場大病，父母遍求名醫，藥石無效，幾乎就要準備喪事了。多虧自然先生攜妻子雲遊時途經此地，出手相助，方才倖免於難。

如今過了一十五年，當時十歲的孩童早已成家立業，娶了妻室。周家祖上曾經為官，留有餘蔭，家境殷實，本來日子過得十分順遂。可惜數月之前，妻子林氏不知怎麼的，突然得了臆症，言行粗鄙，口吐狂言，聲稱自己並非女子，乃是駐守邊關的大將軍，非但不讓周生再親近半步，反而一拳將他從臥房中打了出來。

幾個月下來，周家求神問道，折騰得家裡雞飛狗跳，不僅不見效果，反倒使得林氏更加暴躁。如今沒奈何，周生只能將妻子用鐵索捆在房中，等閒不敢進身，日子過得實是淒苦。

「這可真是……一件奇聞，可惜我對這些一竅不通，也幫不上你的忙。」雲娘寬慰他道，「這世間之大，能人眾多，遠勝外子之人大有人在。你再多方尋訪，必有解決之道。」

袁香兒從旁插了一句話：「若是實在解決不了，你問她姓甚名誰，家住何處，如若無誤，放她自行離去就是了，何必把人捆在家裡？」

周生唉聲嘆氣：「倒也問了，卻又不肯明言，說是以女子之身愧見親朋舊故。何況拙荊乃是在下三媒六聘娶進門的娘子，正經夫妻，如何輕易讓她離去？」

他悄悄打量袁香兒，見這位姑娘鬢挽青雲，眉分新月，神采異常，心知非是凡俗之人。不免暗暗遺憾，聽說這位是自然先生唯一的弟子，可惜卻是一位年幼的女弟子，若是男子，怎麼也將他請上一請，但凡得先生真傳之一二，好歹也能有個盼頭。

周生充滿失望地離去，留下了一個看起來普普通通的紅漆木匣子作為謝儀。

袁香兒推開匣子，只見裡面打了幾個小格，整整齊齊擺著金條、銀錠、珠玉首飾若干。

雲娘看了一眼，倒也不以為意，開開心心地去給帶回來的小雞搭一個新的雞窩，似乎一盒子的金銀珠寶，還不如手中兩隻毛茸茸的黃色小雞重要，只是隨意囑咐袁香兒將其收進庫房。

家裡有一間不大不小的屋子充當庫房使用，裡面堆滿了類似這樣大大小小的箱子，都是曾經得到師傅幫助的人送來的謝儀。余瑤把它們隨意堆放在一起，從不歸類整理，導致裡面亂得連個插腳的地方都沒有。

袁香兒將那個小匣子湊合地擺進去，看著庫房門上那道不怎麼頂用的細細銅鎖，有些犯愁。

先生在的時候，這個家看起來平平無奇，但明裡暗裡卻都駐守著各種大小的妖怪，十分有安全感。

如今師傅不在家，家裡卻有一屋子的金山銀山，隨便來二、三個小賊，丟了錢財倒是小事，如果讓師娘受了驚嚇損傷，那自己心裡可過意不去。

袁香兒摸了摸下巴，尋思自己修習道術多年，是不是也該嘗試契約幾位使徒。不一定要竊脂、犀渠那樣的大妖怪，只要有些許法力的尋常小妖，能夠在自己外出的時候看家護院就行。

師傅離開之後，師娘既沒有像袁香兒想得那樣愁思不解，鬱鬱寡歡，她一掃往日的沉靜，反而過上了十分接地氣的生活，趕集買菜，煮水燒飯，似乎對生活中的每一件小事都樂在其中。

自打身體好了之後，她便和從前一樣，每天給袁香兒上半個時辰的課，課程內容從最初的識文斷字，逐漸涉及到丹青音律、花藝和茶道等方方面面。

早些年，袁香兒經常拉著雲娘的手詢問師傅去哪裡了，什麼時候回來。

雲娘總會蹲下身，摸摸她的腦袋：「我不知道他去了哪裡，也不知道他什麼時候回來，但我相信他總有一天一定會回來。我們能做的只有將自己的日子過好，每一天都活得開開心心的，等妳師傅回來的時候，看著才會覺得高興。」

於是袁香兒就開始默默地修習師傅教她的術法，幫師娘做些家中瑣事，一起等著師傅回來。她心中暗暗有一種想法，假如師傅是遇到了什麼難事，自己學有所成，才能真正幫上忙。

相比起師傅的道法玄妙，師娘卻只是一個普通人，她既看不見那些隱匿身形的妖魔精怪，也修習不了奇門異術。但相依相伴了這麼多年，她在袁香兒心裡是和師傅一樣，令自己尊敬又仰慕的存在。

和左鄰右舍的那些婦人不大相同，在這個文化普及率不高的社會，師娘雖身為女子，不僅熟經史、擅詩賦，更精通各種禮藝，那些在行止之間不經意流露出的氣質，讓袁香兒時常懷疑，師娘肯定是哪個名門望族的大家閨秀，說不定和師傅有著一番游園驚夢、紅拂夜奔的往事，所以才隱姓埋名生活在這個小鎮上。

她才剛鎖上庫房的門，就聽見院門處隱隱傳來了問詢聲：「請問自然先生在家嗎？」

在外頭的師娘應諾著前去開門。

師傅已經離家多年，附近十里八鄉的人早已不再上門，只偶爾會有遠在外鄉、不知情形之人慕名而來。

今天怎麼一下子來了這麼多人？

袁香兒心裡覺得奇怪，拍拍沾上灰塵的衣襟，不緊不慢地走了出去，伸頭向院門的方向看了一眼。

那一眼之下，令她心中登時驟然一緊，背上寒毛聳立。

敞開的院門外站著一位女子，它施朱粉，掃峨眉，鬢插金花鈿，腰繫玉環綬，是一位打扮精緻考究的美人。但這樣的美人明晃晃地站在大門外，雲娘好像沒有看見一般，探出腦袋四處張望。

「奇怪，明明聽見有人敲門。」她疑惑地說道。

那個女人瞇起一雙丹鳳眼，歪著腦袋打量著毫無所覺的雲娘。

袁香兒飛奔穿過院子，一把拉住雲娘的胳膊，將她推到身後，「砰」地一聲關上了門。

「怎麼了，香兒？」雲娘奇怪地問，「我剛剛好像聽見了敲門聲，這會兒又沒有了。」

袁香兒盯著緊閉的大門，悄悄地將一張黃符夾在手指間。

門外的女子還在詢問，「自然先生在家嗎？請問自然先生在家嗎？」

過了片刻，見不再有人開門，那聲音才慢慢地消失了。

袁香兒捂住砰砰直跳的心口，鬆了一口氣，還好，她不敢進來。

雖然師傅離開了多年，但這個院子始終留有師傅的氣息，平時大部分的妖魔都不會靠近這座院子的附近。

也不知道是不是師傅離開得久了，氣息也跟著淡了，如今妖物竟然都敢直接到門口敲門了。

真的該給自己找一個使徒，袁香兒心想著。

既然決定要找一個使徒，袁香兒開始做細緻的準備工作。

這些年她確實修習了不少術法，但真正驅魔鎮妖的鬥法經驗還很欠缺。

不知是不是因為曾經有師傅在此地坐鎮多年，這些年闕丘鎮上幾乎沒有出現過禍害人類的邪魅鬼祟。三兩隻偶爾出現的小妖怪完全不是袁香兒的對手，不是成為她玩耍的夥伴，就是變成她欺負的對象。

袁香兒翻閱了不少典籍，知道想要和妖魔簽下主從契約是一件帶著風險的事。

比如她手中這本《洞玄祕要》中就有提到，結契之時，妖魔很有可能強烈反抗，需要施術者以法力威壓折服。如果施法者的功力不夠，不能令妖魔心甘情願屈服，就有可能在緊要關頭反噬自身，輕則受傷，重則殞命。所以大部分的高功法師在契約使徒的時候，都寧可先將妖魔重傷，再用陣法禁錮，以求萬無一失。

要先打個半死才行嗎？袁香兒闔上書卷，嘆了口氣。

她想起師傅在家的時候，和窈脂、犀渠等大小使徒都相處得十分融洽，一點也不像是用術法強制脅迫來驅使妖魔。

也許師傅有什麼和別人不一樣的辦法。

師傅的書房中，雖然存有世間各大玄學門派的經學要義、術法祕訣，卻沒有留下他本人的隻字片語。袁香兒對自己的師傅還是十分了解的，余瑤雖然道法高明，但文學素養和七八歲時候的自己差不多，能讀通那些晦澀的文字都算不錯了，想讓他著書確實太過勉強。

袁香兒把零零碎碎的小東西，一件件收進出門用的搭褳和竹簍裡。帝鐘、陣圖、符籙、短刀、應急藥品、水壺、糕點、零食……啊，好像有不少沒必要的東西混進來了。

她打從七歲起就住進了天狼山山腳下的闕丘鎮，早已把周邊的丘陵古道摸得熟透，但不說他們，即便是鎮子裡以打獵為生的獵戶，也只會在周邊方圓數里內的山林活動。整個天狼山山脈，十萬大山，浩瀚無邊，不知占地幾何，密林深處人跡罕至，傳聞是妖魔們的領地，已經不再屬於人間。

這一次要獨自進入大山林的深處，讓袁香兒不免有些緊張。

不過修習了這麼多年的術法，總得試試。不走得太深，先抓一些山貓野犬所化的小精怪回來看家護院就好。

原始森林中處處都是參天古木，藤蘿縈繞，苔衣遍地，驕陽的光輝透之不進，這裡是混沌而昏暗的世界。

袁香兒身穿便於行動的短褐，手持竹杖，踩著厚厚的枯葉，撥開長草枯藤，一路探索前行。

平日在鎮子上十分少見的魂魄魅影，在這個地方比比皆是。枝葉之間，石苔陰處，時不時就冒出一排排的小腦袋，它們好奇地看著袁香兒這個闖入森林的異類。

袁香兒正蹲著身子，用一塊糕餅誘惑躲在不遠處的小小兔子精。那個小妖精只有一尺來高，腦袋後垂著一雙軟綿綿的兔子耳朵，它從雪白的衣袖裡面伸出兩隻小手，怯怯地想要去接袁香兒手裡的餅，又有些害怕。

「別怕，給你吃。」袁香兒小心地把餅子遞上前，「嗨，你願不願意做我的使徒？」

那隻兔子精聽見她開口說話，嚇了一跳，「咻」地一聲跳回草叢中，消失不見了。

「連兔子精都失敗。」袁香兒挫敗地嘆氣，在一根粗大的樹根上一屁股坐下，看了看手中香噴噴的麵餅，自己吃了。

果然應該帶胡蘿蔔來的嗎？

她翻找了一下隨身攜帶的物品，其實家中庫房裡有很多法器，三清鈴、玉皇印、天蓬尺、八卦鏡，全都蒙著灰塵擺了一架子。但袁香兒除了一柄驅散用的帝鈴和護身的七星短劍之外，主要攜帶的還是自己歷年所製的符籙。

師傅余瑤不論鎮妖還是驅鬼，多用符咒和指訣，不喜依賴身外之物。袁香兒師承於他，也同樣偏好鑽研符咒之道。

如今的她不再是七年前的那個小姑娘，指空書符早已不在話下。剛才若是狠心祭出一道五雷符，只怕嬌弱的兔子精瞬間被烤得外焦裡嫩，她想起那隻小兔子膽小怯弱的模樣，覺得捨不得，心裡又是好笑，這樣的使徒放在院子裡，除了可愛，大概也沒什麼作用。

正當她想著，一隻黃毛猴子從她眼前掠過，一把搶走了袁香兒身邊的背簍，竄到了高高的樹杈之上，對著袁香兒手舞足蹈地笑話，「嘿嘿嘿，多少年沒在這裡看見人類了，讓我瞧瞧都帶了什麼東西來孝敬妳爺爺。」

袁香兒大怒，單手掐了一個「扭」訣，呵斥一聲：「下來！」

那隻黃毛猴子不防她還有這一手，一時間覺得身體被冥冥中某種強大的力道一把楸住，再站不得樹梢，「哎呀」一聲從樹杈上翻落下來。

袁香兒左手接住從空中掉落的背簍，右手掐「井」訣陷住落地的猴妖，反手祭出一張黃燦燦的雷符，黃色的符紙凌風獵獵，其上有朱紅符文靈光流轉，剎那間空中傳來陣陣雷鳴。

「饒命！大仙饒命！劈不得、劈不得！」那黃猴十分機警，一看情形不對，連忙舉手作揖，以頭搶地，出聲討饒。

「你……願不願意做我的使徒？如果你願意，我可饒你一命。」袁香兒問它。

「願意、願意，能跟隨大仙左右，有什麼好不願意的，我肯定願意。」

那猴子說話的神態和人類一般無二，莫名帶著一種油滑和討好，顯得十分滑稽好笑。

袁香兒半信半疑地收起空中的五雷符，想不到那隻猴妖並非像表現出來的那樣無能，一翻身就掙脫了「井」訣的束縛，向叢林深處逃竄。

邊竄還邊齜牙咧嘴地對袁香兒露出一臉凶相。

袁大小姐生氣了，拔腿就追，「就是你了，先打個半死，再契為使徒，看來前輩們說得一點都沒錯！」

可森林畢竟是猴子的天下，何況還是一隻成精的猴子。袁香兒很快追丟了黃猴的蹤影，不得不停下腳步休息。

兔子太膽小，猴子又太狡猾，到底要抓什麼樣的小妖精才合適？

袁香兒心裡也知道自己失敗的原因，她終究還是缺少實戰經驗，內心也不夠果斷，不忍心出手就用殺招。

若是等等再看到，無論是什麼種族，都先打成重傷，直接抓回家再說。她暗暗下定決心。

昏暗的密林深處，隱隱傳來些許細碎的聲響，對靈力十分敏銳的袁香兒察覺到動靜，分開灌木的枝條悄悄走過去。

那是一棵盤根虯結的巨大榕樹，粗壯的樹根邊上，團著一團銀灰色的東西。

袁香兒小心翼翼地往那邊走去，草叢裡頓時飛起幾點螢火蟲的光芒，但伏在長草中那凌亂的毛團依舊一動也不動。

袁香兒用一根樹枝輕輕將它翻過來，發現是一隻還沒有成年的幼狼，它傷得很重，後腿被咬斷了，腹部開了個口子，渾身的血汙幾乎覆蓋了毛髮原本的顏色。

在叢林之中，即便是野獸之間的戰鬥，通常也是一口咬斷敵人的脖子。袁香兒看著那些大大小小的傷口，想不通是什麼樣的原因，導致一隻幼獸竟然會遭遇群體性的攻擊和折磨。

雖然它拚命掙脫逃離到這裡，最終可能還是活不下去。袁香兒用樹枝撥了撥幼狼那細白的前肢，前肢無力地翻過來，毛茸茸的頂端上是個鼓鼓的小肉墊。那沾滿血跡的小毛爪子，在樹枝的撥動下微微抖動著。

原來還活著啊。

袁香兒輕輕摸了一下那隻小狼的腦袋，發現那有著細細茸毛的耳朵，在自己的手心裡微微抖了抖，又抖了抖。

隨後那隻幼狼的眼睛睜開了一道，它幾乎在睜開眼的同時，就撐著前腿想要站起來。

四周陰森林木後，葉縫間，亮起了一雙又一雙的眼睛，伴隨著野獸低鳴。各種小妖魔漸漸匯聚過來，它們似乎在覬覦著這隻幼狼的血肉，卻好似因為忌憚著什麼，猶豫著不敢出來。

那隻幼狼傷得太重，它弓著脊背，發出低低的喉音，顫抖的前足拚盡全力支撐著身體，最終還是無力為續，片刻之後就癱倒在地上，讓暗處的妖魔興奮了起來。

此地不宜久留，但她相信只要自己一起身離開，這隻幼狼就會立刻被周圍潛伏著的小妖撕成碎片，吞噬殆盡。

袁香兒看著地上那隻始終睜著眼睛的狼妖，替它感到悲哀，它還這麼小，卻只能在這裡等死。當然，妖魔的壽命和人類不同，有些看起來很小的幼獸，其實有可能已經渡過了上百個春秋。

乾脆就決定是它了，把它帶回去，治一治，契為使徒，養在院子裡算了。

袁香兒是想到就會立刻行動的性格，她將背簍裡的東西清一清，小心地把那隻受傷的狼放進去，這隻還沒成年的狼瘦得很，剛好能整隻放進她的背簍中。

周圍陰暗處的妖魔們躁動了起來，發出一聲接著一聲的低吼。

「人類，這不是妳該管的事。」

「妳知道妳帶走的是什麼嗎？」

袁香兒不理它們，背起背簍大步往外走。她可以察覺到眼下躲藏在黑暗裡的，都是一些靈力不高的小妖精，如果不馬上離開，萬一引來路過的大妖怪，那就麻煩了。

一隻豪豬模樣的妖物按捺不住，從藏身處一躍而出，兩根尖銳的長牙閃著寒光，直撲袁香兒。

袁香兒驟然駢指回身，祭出一張黃符，朱砂繪製的符文在空中脫離符紙，化為一隻明晃晃的火鳳，火鳳發出一聲清亮的鳴叫，張口噴出一大團火焰，迎頭罩向那隻身形巨大的魔物，那隻豬妖從空中掉落，慌慌張張地嚎叫著，在地上來回滾動幾圈，帶著著火的尾巴逃竄回密林深處。

小妖精們頓時一哄而散，而袁香兒早已趁亂跑出了天狼山山脈，回到了闕丘鎮。

第四章　白狼

回到家的袁香兒快步穿過庭院，背上的竹簍被小狼妖的血液浸透，一路滴滴答答地滴落，令人觸目驚心。她將竹簍小心解下，放在檐廊的地板上。那隻小狼妖蜷縮在竹簍內，鮮血淋漓，毛髮亂成一團。

袁香兒取出朱砂，就地繪製了一個圓形的聚靈陣，又從庫房裡翻出幾塊螢光流轉的玉石壓在陣眼上。

妖魔的自身癒合能力本就十分強大，如今人世間靈氣稀薄，難以提供足夠讓它們恢復的靈力。袁香兒繪製的聚靈陣，能略微匯聚天地間的靈氣，應該會對這隻受傷的妖魔有所幫助。

壓在陣腳上的那幾塊玉石看起來玲瓏流光，美質良才，隨便拿一塊到市面上，都是千金難求的好東西。但放在袁香兒這樣的修士眼中，這些石頭也只是勉強帶上了一絲絲微弱的靈氣而已，拿它們湊合著壓壓陣腳，只能略微增加一些陣法的功效罷了。

袁香兒在聚靈陣的中心墊上一塊軟墊，並小心地把那隻血淋淋的小狼安置到上面。

院子裡本來放養著許多家禽，聲音嘈雜。自打袁香兒把小狼妖抱出來之後，嘰嘰喳喳的小動物們突然集體噤聲，雞鴨大鵝們慌亂地縮回各自的窩棚，簇擁在一起瑟瑟發抖，連院門處那隻見人就要撒歡的大黑狗，都夾著尾巴，迅速竄回了牠的狗窩。

袁香兒沒有注意到院子裡的這些變化，她正煩惱該怎麼處理小狼妖那一身嚴重的傷勢。

它身上的傷痕顯然不止被一隻妖物所傷，大小不同的撕裂、抓傷，和各種類型的術法所造成的傷痕，遍布了小小的身軀，其中後腿和腹部的傷口尤其嚴重，右腿的腿骨被澈底咬碎，勉強連皮帶骨地拖在身後，腹部上開了一個血口，雖然在路上做過緊急包紮，可血水依然不斷滲出。

看著這血淋淋的場面，袁香兒打了個冷顫，她難以想像這小小的幼狼，是怎麼從一群妖魔的尖牙利爪下逃出來的，最後還能拖著這樣的身體，一路逃到森林的邊緣，直到被自己發現。

袁香兒為它清理那些可怖的血汙和創口，敷上傷藥，接上斷骨，夾上夾板。

繪製在地面上的聚靈陣開始順著紋路流轉起微弱的靈光，天地間的靈氣緩緩流動，匯聚到趴在靈陣中心那個小小的身體上。

小狼妖突然睜開雙眼，一雙琥珀色的眸子初時沾染著迷茫，在看到袁香兒的一瞬間，驟然變得銳利、凶狠，殺氣騰騰了起來。它翻過身伸出爪子，想要將袁香兒放在身上的手抓開。可惜它那毛茸茸的小爪子此時綿軟又無力，抓在袁香兒的手背上，不過像是撓癢癢一般。

「別亂動，剛剛給你接好的腿。」袁香兒握著它的右腿，把它的身體翻過來，生怕它掙斷了好不容易包紮好的腿骨。

這個動作似乎讓那隻小狼妖更加憤怒了，它惱怒地掙扎，絲毫不顧及自己的傷勢，拚命蹬腿，企圖掙脫袁香兒握住它腿部的手掌。

「叫你別亂動，怎麼不聽話！」

袁香兒一把按住拚命掙扎的小狼妖，單手掐訣，呵了一聲：「束！」

地面上產生了四道無形的束縛，把那隻小狼四肢大開地固定在地板上。

看見自己辛苦了許久，好不容易拼接上的碎裂斷骨處又開始滲血，袁香兒心裡火冒三丈，「我的脾氣不是很好，你最好乖乖聽話，這是幫你治傷，又不是宰狼，亂動什麼？」

那隻動彈不得的小狼眼中透著深深的仇恨和憎惡，惡狠狠地盯著她，喉嚨裡發出不甘的低吼。

袁香兒接觸過不少年幼的小妖，它們大部分都十分單純，對人類的世界充滿著新鮮感和好奇，只有少數受過人類傷害或欺騙的妖魔，才會對人類充滿仇恨。

但袁香兒也不太害怕，總而言之，在多數的情況下，都只有她欺負這些小妖怪的份，輪不到它們欺負自己。

小狼妖的下腹部上有一道極為嚴重的貫穿傷，這會兒既然已經固定住它的四肢，袁香兒便取出一柄剃刀，開始剃去傷口附近被血液凝固的毛髮。

當剃刀碰到腹部肌膚的時候，那隻一直惡狠狠的小狼將腦袋撇向一邊，喉嚨中發出了抵觸的低吼，但那微微顫抖的耳朵尖，洩露了它凶狠的外表下開始害怕的心。

袁香兒又開始心軟了，她意識到自己脾氣不太好，過於急躁，可能嚇到了這隻已經飽受折磨的小東西，於是她伸手摸了摸那個毛髮亂糟糟的腦袋，拿出溫和的態度安慰它：「行啦，別害怕，我保證不傷害你。真的只是給你上點藥，如果弄疼你了，你就告訴我。」

那隻小狼並不領情，喉嚨裡始終滾動著挑釁的喉音，衝著袁香兒露出鋒利的牙齒，一雙耳朵憤怒地緊貼在腦後。可惜它這個模樣反而勾起了袁香兒想要使壞的心，偏偏在包紮的時候把它翻來翻去，裡裡外外搓揉了一遍。

「卑鄙的人類。」突然響起的低沉嗓音讓袁香兒嚇了一跳。

那聲音帶著一點屬於妖魔的獨特磁性，但絕不是袁香兒想像中的那種稚嫩童音，它交織了少年的青澀和成年的冷傲，清冽而低沉，陰鬱又張狂。

袁香兒把手收回，她這才意識到這隻小狼妖並不像外形展現出來的那樣幼小，這副幼狼的模樣，說不定只是它重傷之後，為了減少靈力的消耗，對自己進行的保護措施。

許多大妖來到靈氣稀薄的人間界之後，為了減少靈力的消耗，不會再保持巨大的獸形，而是選擇將自己的體型大幅縮小，甚至會下意識化為人形，或者半妖形態，只因人體內自有小周天，靈力在其中運轉，周而復始，生生不息，最為省力，適合在這個靈力匱乏的世間活動。

意識到這一點後，袁香兒就不好意思繼續欺負這隻「成年」狼了。

「原來你會說話，你叫什麼名字？」

「無恥又卑鄙的人族，我絕不會告訴妳的。」

「你肯定是沒有名字吧？不要緊，我可以給你取一個名字。」袁香兒想了一下，「就叫小白好了，諾，和家裡的小黑正好一對。我以後就叫你小白，行嗎？」

「不喜歡？那換成毛毛？或者旺財？就這麼說定了，以後都叫你旺財。」

在袁香兒取了七八個自己覺得不錯，實際上卻十分普通的名字後，那道低低的聲音不甘地響起：「南河。」

「你說什麼？啊，你的名字叫南河？」袁香兒笑了，「還挺好聽的，那以後就叫你小南了。」

袁香兒不再理會南河那幾乎能吃人的眼神，拿起剃刀，小心翼翼地把它腹部傷口附近的短毛剃乾淨，輕輕敷上特製的傷藥，再按上透氣的紗布，最後一圈圈地包紮起來。

處理完傷口，又打來溫水，一點點梳開洗淨那些因為血水和泥汙凝固，而虯結在一起的毛髮。溫熱的毛巾仔細擦拭了耳後、脖頸、尾巴根處……清理過每一寸角落。

在做這些事情的時候，袁香兒突然有些恍惚，場景和時空恍然是那樣似曾相識，她想起自己也曾養過一隻像這樣的小狗。

那本來只是一隻流浪狗，渾身髒兮兮的，是她親自從路邊撿回家，親手在浴室將那隻小狗一點點地洗乾淨。

牠剛到家裡的時候，個性十分暴躁且不好接近，對自己的親近充滿抗拒，後來卻成為童年時期最為親密的夥伴，陪伴自己度過了孤獨而寂寞的歲月。袁香兒嘆息一聲，不知道自己在那個世界死後，還有沒有人去照顧她養在家中的那些小動物們。

洗了好幾盆的水，南河的毛髮才露出了本來的顏色，竟然是一種十分漂亮的銀白色。

原來是一隻十分罕見的銀狼，可惜那些銀色毛髮因為溼透的關係，變得一簇簇地凝結在一起，露出了肌膚和那瘦骨嶙峋的身軀。

南河已經不再掙扎，它一動不動地躺在那裡，耳朵低低地垂著，喉嚨也不再發出聲音，視線死死地盯著牆角，眼眸中似乎蒙上了一層水霧。

袁香兒鬆開禁制，那隻溼漉漉的小狼就一聲不吭地慢慢蜷縮起身體，把自己的腦袋埋進尾巴裡，似乎委屈得不行。袁香兒抱起它軟綿綿的身體，給它換了一塊乾淨的墊子，摸摸它的腦袋，盤腿坐在它的身邊開始念誦起，能夠促進外傷癒合的金鏃召神咒。

「羌除餘晦，太玄真光，妙音普照，渡我苦厄……」

每念一句箴言，袁香兒就輕輕晃一下握在手裡的帝鐘，帝鐘發出了丁鈴噹啷的清脆聲響。

那些帶著奇特韻律的咒言，伴隨著沁人心肺的鐘聲，反覆盤旋縈繞在陣法四周。

身負重傷卻一直死死支撐的小狼，終於在這樣的唱音中一點點闔上了雙眼。

冬季的天黑得很早，家裡亮起了燈火。受傷的小狼蜷在聚靈陣裡睡得很香，它的毛髮乾了，變成了一團蓬鬆的銀色毛球，惹得袁香兒無數次想要伸手將它攘過來，狠狠揉搓一通。

「哎呀，好漂亮的小狗子，是銀白色的呢，真是罕見。」從廚房裡出來的雲娘，稀罕地停下了腳步，「怎麼傷得這麼厲害？是被誰欺負了嗎？」

「師娘，這是小狼，不是小狗，我從山裡撿來的。妳別太靠近它，小心被它咬到。」

「原來是狼啊？」雲娘有些吃驚，「沒事的，還只是個小傢伙。妳看著些，別讓它把家裡的小雞給吃了就行。」

看著雲娘離去的背影，袁香兒想了一想，還是在聚靈鎮的外圈套上了一個四柱天羅陣。無論它多小，這都是一隻具有攻擊性的狼妖，她需要防止小狼在自己不在的時候醒來逃脫，以免傷到雲娘或是鎮上普通人的性命。

四方形的四柱天羅陣布成，細密交織的電網在空中一閃而過，又隱去形體。睡在陣法中心的小狼妖不安地抖了抖耳朵。

冬季的夜裡很冷，袁香兒輕輕給它圍上一條小小的毯子，再搖著帝鐘，為它念誦了幾遍金鏃召神咒，才回屋休息。

南河在睡夢中，一直聽見一種奇特的鈴聲。

那清洌的聲音叮一下，伴隨著低沉而細密的吟頌聲，在夢裡遠遠地傳開了。

女子的吟頌聲空靈遼闊，時而很遠，時而很近，好像童年的時候睡在母親的尾巴裡，聽著清風送來的陣陣松濤。

不知從哪來的溫熱暖流，沿著四肢百骸爬上來，鑽進那些疼痛不已的傷口中，源源不斷的娟娟細流減輕了身體的痛苦，長年累月飽受折磨的身軀終於放鬆下來，難得陷入了柔軟的夢境中。

夢醒後，南河在夜色中睜開雙眼，發現自己還是那個被人類所捕獲的屈辱囚徒。

天色已經全黑，夜晚的庭院影影綽綽，寂靜一片。

它警惕地打量四周，那個可恨的人類不知道去了哪裡，把它單獨留在檐廊上。身上的傷口被用人族的藥物處理過了，腹部和雙腿都纏繞著乾燥的紗布。南河看到那些白色的紗布，回想起昏睡之前，那個人類對自己的所作所為，羞愧和惱怒在一瞬間爬滿了全身肌膚。

那個人類的雌性簡直……不知羞恥。

耳朵和尾巴是天狼族最為敏感的部位，那裡神經密集，直通心臟，是天狼絕對不會輕易讓他人觸摸的地方，除了……自己最親密的伴侶。

天狼族一生只有一位伴侶，永世互相忠誠。雖然它是這個世間的最後一隻天狼，可能永遠都找不到屬於自己的另一半，但它的耳朵和尾巴也絕不能隨意讓人觸碰。

除了母親之外，從小到大都不曾被異性觸碰過的耳朵和尾巴，竟然就被那個女人毫無顧忌地揉搓了好幾遍，甚至還將自己的耳朵翻起來，細細的手指伸進耳廓，肆意地玩弄了一通。

南河忍不住抖了抖耳朵，那裡似乎還殘留著那個女人手指的灼熱觸感。

等自己恢復了靈力，必定要將那個不知死活的人類撕成碎片，一雪今日之恥，它狠狠咬住墊在身體下的毛毯。

毯子？

南河愣了一下，這才發現自己鑽在一團暖和的毛毯中，身體下還墊著一塊軟軟的墊子。那個墊子，比它睡過的任何草叢都暖和，墊子下的地面上畫了一圓一方疊套在一起的陣法，圓陣在內，方陣在外。

陣法是只有人族才會的技巧，南河曾經狠狠地吃過陣法的苦頭。

此時的它卻能夠清晰察覺到，天地中的靈氣被那個圓形的陣法所吸引，正絲絲縷縷地匯聚到它那靈力幾乎枯竭的身體中。原來睡夢中那股舒適溫暖的感覺，就是來自於這個陣法。

為什麼給它畫了這樣的陣法，難道那個人類不怕自己的傷好了嗎？

南河拖著斷了的後腿，向前爬行幾步，方形的陣法四角霎時出現四根法柱的虛影，交織的電網在四柱間亮了起來。

四柱天羅陣！

南河繃緊身體，死死盯著交織閃耀的電網，痛苦的記憶翻江倒海湧上心頭，它曾被囚禁在這樣的陣法中，屈辱地遭受著非人的折磨，渡過了狼生最為黑暗的時期。甚至因此沒能跟上父母的腳步，而被單獨留在這個靈氣稀薄的人間界。

果然，人類都是一樣，既惡毒又自私。它不可能再一次成為人類的囚徒。

南河雙足蓄力，全力撞向那個電網，粗大的電流打在它的身上，把它彈回陣法中，它不肯屈服地掙扎起身，再一次拖著傷腿衝上前。

直到僅有的力量消耗殆盡，那陣法依舊巋然不動。

不甘又狼狽，被電流灼傷的肌膚傳來陣陣疼痛，它最終只能頹然地倒在地上，看著屋簷外寒涼的夜空。

蒼穹之上，銀河流光，星漢燦爛，南面的天空中有著一顆最明亮、最顯眼的星星。星星閃著光輝，似乎在無聲地召喚著被孤獨囚禁在此地的天狼。

百年之前，那時候的南河還是一隻真正的幼狼，母親站在高高的山崗之上，無數次地指著那顆星星告訴它，那是天狼星，是它們天狼一族真正的故土。

等到兩月相承之日，天門大開，全族便會結伴離開這裡，穿過浩瀚星辰，飛升上界，前往那靈氣充沛的地方。

但兩月相承之日又是哪一日，卻沒有人能說得上來。於是年幼的小天狼也漸漸不再關注這件事，強大的父親，溫柔的母親，能夠撐起天空，為它安排好一切。

那時候的父親是這片土地上最強大的存在，萬妖為之俯首稱臣，拱衛為王。在父親的庇佑下，天狼族的孩子無憂無慮，可以在這十萬大山裡毫無顧忌地肆意馳騁。

某一天，它們無意間奔跑到山林的邊緣。

「那是什麼？」南河指著遠處亮著星星點點的火光的地方好奇地問。

「是人類，那是人類居住的地方。」

「阿南還小，還沒有見過人類這種東西呢。」

「我討厭人類，他們身上有一股味道，臭得很。」

「我不一樣，我喜歡他們，他們的城鎮裡有許多好吃的東西，我經常混進去玩耍。」

「聽說人類的生命很短，連一千年都活不到。」

「一千年嗎？我怎麼記得還不到一百年？哎呀，總之都差不多，他們大概還活不到小南這麼大就會死去了。」

哥哥姐姐們爭相為家裡最小的弟弟解答疑惑，所有人七嘴八舌地描繪出一個陌生而有趣的世界，勾起了南河的好奇心。

它忍不住變幻成人類的模樣，悄悄潛入了人類的城市。

人類居住的地方真是熱鬧啊！

在天狼山上，有時候一連跑過數座山頭，也見不到一個族人。但是在這裡，他們群居在一起，街道上全是人，街邊是鱗次櫛比的房屋，屋簷下吊著一個個紅色的燈籠，那些燈籠的亮光連在一起，照出了一片熱鬧繁華的盛景。

空氣裡瀰漫著各式各樣誘人的香味。

「賣糖畫囉，飛禽走獸，龍鳳呈祥，想吃什麼畫什麼！」

「冰糖葫蘆，好吃的冰糖葫蘆！」

「炊餅，香噴噴的炊餅！」

往來商販在叫賣著那些從未吃過的食物，勾得小南河眼睛亮晶晶的，直咽口水。

它摸了摸自己的頭臉，應該變得挺像人類了吧？除了多出一對耳朵和一條尾巴的區別外，其他地方應該都和人類一般無二了。

為了保險起見，它還懂事地把尾巴塞進褲子中，在包了條頭巾後，就高高興興地一頭栽進了亂花迷人眼的人間界。

直到現在回想起來，南河依舊記得初始那一段時間的驚嘆和幸福。

但很快，它被人類的術士發現，還被捕捉回他們骯髒的巢穴。

兩個面目可憎的男人圍在貼了符籙的鐵籠邊上，看著縮在角落中，戴著鐐銬的小南河。

「哈哈哈，這可是血統純正的天狼族，不論是煉成丹藥，還是賣了，都能發好大一筆橫財。」

哈哈大笑的是一個形容猥瑣的遊方道人，他撚著稀鬆的山羊鬍子，看著牢籠中的獵物，眼裡透著貪婪的光，「或者把它契為使徒，從此老子就能驅使天狼為僕，行走江湖之時，也能多幾分顏面，只是有些浪費。」

「這麼小的天狼都費了我們這樣大的力氣，若是再大一點的，可能就抓不住了。」說這話的是一個滿身橫肉的壯漢，他的臉上被南河抓了三道深可見骨的傷疤，心底充滿怒氣。

「道友說得極是，還是小心些，別讓它恢復了逃跑的力氣。讓老子來給它身上多添幾個窟窿，看它還怎麼跑？」

雪亮尖銳的剔骨刀從牢籠的縫隙間伸進來，籠外之人一邊戲耍，一邊肆意傷害著避無可避的小小天狼。

「怎麼回事？」清晨，披著衣服出來的袁香兒看見了陣法中奄奄一息的小狼。

經過了一夜時間，它的傷勢不僅沒有好轉，反而因為遭受了反覆的電擊而變得更加沉重。

布置在周邊的天羅陣，出現了被多次撼動的痕跡。

「這麼大的四柱天羅陣，你看不見嗎？這是閉著眼睛往上撞？還連撞好幾次？」

袁香兒把它從地上提起來，發覺它的體型比昨天剛遇到的時候還要小。昨天還能填滿整個背簍，如今卻只比一雙手掌大不了多少。

「放開我……卑鄙的人類。」南河的眼睛睜開一線，虛弱而疲憊地說。

袁香兒這才意識到，它是想趁自己睡覺的時候逃跑，為了能夠逃離這裡，它不惜性命也想要破開自己的陣法。

冬季的早晨很冷，白霧瀰漫，寒風刺骨。托在手中的小狼已經失去正常的熱度。

袁香兒把它抱進屋子，在火炕上重新畫了一個聚靈陣，把那團軟綿綿的毛團安置在暖和的火炕上。

看著在炕上蜷縮成一團的白色小狼，袁香兒也開始猶豫。

她本來想將這隻狼妖契為使徒，如今看來，這顯然是一個高傲的靈魂。不過是將它囚禁在陣法中，它都要不惜性命地掙扎。如果趁著它虛弱，強迫它簽訂契約，把它當作僕役使喚，不知道它會做出什麼樣的反抗。

它可能寧願死去。袁香兒意識到了這一點。

早飯時間，雲娘端了一碗熱呼呼的牛奶給袁香兒。

「趁熱喝，妳不是喜歡這個嗎？難得今早在集市上看見。」

袁香兒很高興，她喜歡喝牛奶，但這個時代沒有專門提供奶源的奶牛，並不是那麼容易就能喝到牛奶。

「那隻新來的狗子呢？我早上好像沒看見它。」雲娘問她。

「狗、狗子？嗯，昨天夜裡太冷，我把它抱回屋裡去了。」

袁香兒想起南河一直處於昏睡狀態，從昨天開始都沒有吃東西，於是舀了半碗牛奶端回自己的房間。她輕輕推開門，想看一下毛茸茸有沒有醒過來。

屋裡的情況讓她嚇了一跳，導致她反射性地「砰」一聲又關上門。

袁香兒貼著門板眨了眨眼，片刻之後才反應過來，自己剛剛一瞥之下看見了什麼。

屋裡的炕上躺著一個男人，那人微微蜷縮著身體，背對著門口，肌膚白皙，雙腿修長，微微捲曲的銀色長髮散落在肩頭，兩隻毛耳朵從銀髮中冒出來，無精打采地垂著，傷痕累累的脊背彎成一道弧線，末端有一條毛茸茸的大尾巴。

這，是南河？

袁香兒反應過來後捋了捋情緒，再一次推開房門的時候，彷彿剛剛的一切只是幻影，炕上的那個身影已經消失了。袁香兒揉揉眼睛，只看見一隻小小的銀狼從毛毯堆抬起腦袋，正警惕地盯著自己。

因為靈力的過度枯竭，昏迷中的南河下意識將自己化為節省靈力的人類形態。開門聲響起，它猛然驚醒，晃了晃腦袋，立刻擺脫自己最厭惡的模樣變回狼形。

這麼小團的東西變成人形後，竟然是那麼成熟的嗎？雖然剛剛一晃而過的那個身影十分年輕，有種模糊了少年和成年之間的青澀感，但不論怎麼看它那時候的模樣，絕對難以把它和這麼小的幼崽聯繫在一起。

袁香兒把牛奶放在一個托盤上，擺到南河的面前。

「你應該餓了吧？來吃點東西。」

小南河把腦袋別向一邊，看都不看眼前那熱氣騰騰的食物。

袁香兒也不以為意，隨手拿了一本書，坐到屋門外的檐廊上。屋門是開著的，這個位置離屋裡的火炕有一段安全距離，又能保持出現在南河的視線中。袁香兒抽起地上的一根青草，叼在口中輕晃，目光看似始終落在書頁上，實際上把所有的注意力都集中在屋中的小狼上。

妖魔的外貌在人類的眼中大多是兩個極端，一種怪異而恐怖，一種妖豔而完美。

袁香兒其實一直期待能和師傅一樣，擁有一個像竊脂那般，和人類體貌接近的使徒，美豔又強大，還能像朋友一樣和自己相處聊天。

如今眼前的這隻小狼，顯然是目前最符合自己要求的理想型，既有攻擊能力，又是可愛的毛茸茸，雖然還沒看過它的臉，但那曇花一現的半妖模樣，已經精準戳中袁香兒的萌點。

可惜它不太願意，袁香兒遺憾地想著。如果實在不行，下次就帶著胡蘿蔔去天狼山找一找上次那隻兔子精吧，那隻也十分可愛。

南河繃著身體，警惕地注視著袁香兒的一舉一動，那個人始終在屋門外讀著她的書，不再關注自己，這樣的距離使它稍稍地鬆了口氣。一旦鬆懈下來，那碗擺在眼前的牛乳香味，就開始從它的鼻孔中直鑽進來。

它經歷了艱苦的戰鬥和逃亡，流失過多的血液，一直不曾補充養分，正是餓得心慌、渴得難受的時候。天狼的嗅覺又極為敏銳，熱呼呼的牛奶散發出香濃的味道，無孔不入地入侵它饑腸轆轆的身軀，讓它幾乎按捺不住地想要品嘗那香甜的液體。

就喝一口。

它一再地偷瞄袁香兒，確認她完全沒有注意到自己，終於忍不住伸出舌頭，舔了舔盛在碗中的牛奶。熱騰騰的牛奶一路滾過它的食道，落進空蕩蕩的胃裡，讓它全身的毛孔都舒暢地張開了。小天狼終於忍不住把頭埋進盆子裡，大口大口地吞咽起來。

袁香兒悄悄看了看屋內，那隻彆扭的小狼終於把頭埋進盆子裡，粉色的小舌頭一捲一捲地大口喝了起來，白色牛奶沾了一整個下巴。

雖然是一隻狼，但是和狗狗也差不多嘛。

袁香兒對付這種傲嬌又怕生的小狗子很有經驗，她深知一開始不能讓狗狗們覺得你把注意力過度集中在牠的身上，要給牠留出安全空間，又必須在牠的視線範圍內活動，等牠熟悉自己，習慣了自己的存在之後，再不經意地慢慢接近。

等南河呼嚕嚕地把一小盆牛奶舔得乾乾淨淨，袁香兒才闔上書，走回屋子中。因為看小毛團子喝得太急，沾得一下巴溼答答的，忍不住伸手替它擦了一下。

小狼被嚇了一跳，張口就咬住了袁香兒的手指，喉嚨發出嗚嗚的警告聲。只是因為虛弱無力，叼著她手指來回啃咬的動作更像是在向她撒嬌，倒是弄得她一手都是口水。

袁香兒把自己的手指抽出來，提起南河的後脖頸，將它放在屋內的圓桌上，正視著它說話：「我對你並沒有惡意，你好好聽話，不隨便咬人和傷人，我就不把你關在陣法裡，行不行？」

聽見這話的南河一下子豎起了耳朵，睜圓了烏溜溜的雙眼。也許是體型幼小的緣故，它在做這個動作的時候，顯得分外可愛。袁香兒忍了忍，才沒把手伸出去擼一把那顫顫巍巍的耳朵尖。

「妳騙我，人類都是狡猾的騙子。」帶著磁性的聲音響起，南河勉強撐起身體，有些猶疑不定地打量著袁香兒。

「沒有騙你，如果我想對你做什麼，我早就做了，騙你又能得到什麼好處？」

隔壁的吳嬸、花嬸在今天上午約雲娘去二十里外的兩河鎮趕集。

雲娘中午不在家吃飯，袁香兒把院子裡的一隻雞給宰了，加入黨參、當歸和黃芪，煲在瓦罐中，另在爐灶的大鍋裡，蒸上小半桶的白米飯。

她在廚房裡忙這些事的時候，把行動不便的南河放在一個鋪了棉墊的籃子中，然後提到廚房，擺在自己可以隨時看見的角落裡，果然沒有再將它限制在陣法中。

不多時，雞湯和藥材的香味從瓦罐中溢出，這兩天下來只喝了半碗牛奶的小狼聞到了肉香，肚子無法掩飾地叫喚了起來。如今的它已經接近天狼族最為關鍵的離骸期，正是需要大量食物來補充能量的時候。

天狼族的幼狼成年和尋常妖獸不同，是一生中最為嚴峻的關卡，謂之「離骸」。為了應對這個難關，小狼們需要提前在體內儲備充足的能量，以便一舉突破境界的桎梏。離骸之後，能通天地之靈能，掌大神通變化，方可謂之成年。

正是因為接近了至關重要的離骸期，南河開始大量捕食妖獸，強壯自己的體魄，終於不慎洩露了隱藏已久的行跡，引來了天狼山一眾大妖們的追殺。

生活在這片山脈的大妖，都曾是天狼一族的臣屬，多年都被籠罩在天狼的絕對統治之下。一百年前，狼王舉族飛升上界，它們方得自由，又怎麼可能眼看著僅餘世間的一隻幼小天狼，再度成長為強大的妖王，重新凌駕於它們之上。

袁香兒準備著午飯，偶爾回頭看擺放在不遠處的竹籃一眼，竹籃邊緣冒出了一個小小的白色腦袋，烏溜溜的眼珠子一眨不眨地盯著噴香的瓦罐，看見袁香兒回過頭看它，方才慌慌張張埋下頭去，把尾巴蓋到自己的腦袋上。

袁香兒心裡好笑也不戳破，揭開蓋子，用長筷取出燉得酥爛的全雞，她給自己留了小半，剩下的全都掰成肉絲，泡回湯裡。她取了南河剛剛使用過的盆子，勺兩勺米飯，泡上雞絲肉湯，仔細拌勻。

南河身上的傷很重，又餓了不短的時間，雖然它是肉食性動物，但袁香兒還是給它準備了比較容易吞咽消化的食物。

隨後她把毛髮柔順的小狼抱出來，安置在飯桌上後，將這盆雞湯泡飯擺在了它的面前。

自己另盛一小碗白米飯，一份雞湯，若無其事地拿起筷子後，在它對面坐下。

喝著雞湯就著米飯，袁香兒埋頭吃著自己的飯，完全沒有去看正弓著背、豎著毛髮的小狼，彷彿對它毫不關注。

過了許久，那隻毛茸茸終於忍受不了肉湯的誘惑，一邊警惕地看著她，一邊小心翼翼地把腦袋探進盆子裡。吃了沒幾口，那個腦袋就直接埋進盆子裡，連綳緊垂在身後的尾巴，都忍不住微微翹了起來。

別看這隻毛團子，小小的一隻，但食量一點都不小，盆裡食物的份量隨著它腦袋的晃動，迅速地矮下去。袁香兒用撈勺再從瓦罐裡打了一大勺香噴噴的雞肉湯，加進它的盆子裡。

長柄撈勺第一次遞過去的時候，小狼被了嚇了一跳，戒備著連連向後爬行了幾步。次數一多，它也慢慢習慣，埋在盆子裡的頭抬都不抬，只從喉嚨發出輕微的嗚嗚聲，聊勝於無地表達一下自己還保持著警惕之心。

袁香兒看著那個露在盆子外面，一動一動的小耳朵，伸出手輕輕摸了摸。

小狼立刻彈開，憤怒地看她一眼，僵持了片刻，見她不再有其他動作，這才叼著盆子轉了一個方向，將後背對著袁香兒，埋頭繼續猛吃。

還是不讓摸耳朵啊。袁香兒遺憾地想，也不知道哪一天才能乖乖讓我擼一擼。

第二咒〈虺螣〉

第五章　守護

闕丘鎮市井繁華，人煙湊集，街道兩側各種經商買賣，南北行貨整整齊齊。果子行、糖行、估衣鋪應有盡有，橋頭巷尾打把賣藝的、算卦測字的、說書的、唱大鼓的……熱鬧非凡。

袁香兒提著個小小的籃子，走在擁擠的街道上。籃子面上蓋著一塊碎花布，一個白色的小腦袋從棉布的邊緣拱了出來，悄悄地轉著眼珠四處看。

「前面那家周記的栗子糕是鎮上做得最好的，綿密香甜，入口即化。他們家的桂花糖也好吃，有一股濃濃的桂花香。」袁香兒邊走邊給南河介紹鎮上的風物特產，說著說著把自己說饞了，跑進周記買了一大包桂花糖和栗子糕。

桂花糖做得很精緻，琥珀色的方塊內凝固著星星點點的桂花花瓣，含一顆在嘴裡，香香甜甜的。

袁香兒撚了一顆遞到南河嘴邊。南河扭過頭去，它是不會吃別人直接拿給它的食物的。

狼可能不愛吃甜食吧？袁香兒掀開籃子上的花布，把那顆糖放在小狼身邊的墊子上。

過了一會兒再看時，那顆小小的糖果已經不見蹤影，銀白的小狼豎著耳朵正襟危坐，目不斜視，只有悄悄在身後來回掃動的大尾巴，洩露了它被甜到的心情。

「香兒？這麼巧，在這裡遇到妳。」一個熟悉的聲音響起，在估衣鋪的門外遇到了住在同一條巷子內的吳嬸一家。

吳嬸的大閨女大花嫁給了兩河鎮上的一戶人家，開春就要辦喜事，因此正在緊鑼密鼓地置辦嫁妝。

「香兒快來，幫我阿姐一道挑一挑。」二花親熱地挽上袁香兒的胳膊。他們家的幾個孩子都是袁香兒小時候的玩伴，彼此間十分熟稔。

「哎呀，香兒，妳這籃子裡裝的是什麼？還會動？」

二花發現了躲在籃子中的南河，一下喊了出來。

吳家的幾個女孩迅速圍了上來，稀罕地看著籃中毛茸茸的一團小毛球。

「哇，好可愛，是小狗子呢。」

「銀色的毛，真是少見，香兒從哪兒抓的？」

「它的毛好漂亮，又軟又柔順的樣子，讓我摸一下。」

南河壓低了身體，慢慢往籃子後面退。

一群圍上來的人類，七嘴八舌的議論聲，使它感到一陣壓抑和緊張。那些混雜著各種氣味的人類手掌，紛紛從空中向它伸來。

誰敢碰我一下，我就咬他的手，把他們的脖子一個個咬斷。

凶惡的狼族緊張地盯著那些黑壓壓的手掌，在心裡惡狠狠地想。

袁香兒側過身，避開那些想要伸手來揉團子的人，舉起胳膊擋住了大花、二花、四花、五花伸過來的手。

「不能摸，它很凶的，只讓我一個人摸。」

彷彿為了證明一樣，袁香兒自然而然地摸了摸小狼的腦袋，因為繃著身體，戒備著眼前突然圍上來的人類雌性，南河一時間顧不上袁香兒的動作，還沒來得及做出反應，她已經得逞地收回手了。

「這不是狗，是狼吧？」估衣鋪的掌櫃從櫃檯後伸出腦袋，看了看袁香兒的籃子，撚著下顎的一撮鬍子，搖頭晃腦地說，「這身皮毛確實少見，就是太小了，若是能養大一些，再剝下皮，倒可以賣個好價格。」

那隻通體銀白，渾身沒有一絲雜毛的雪狼瞪著眼睛，對他齜牙咧嘴，露出鋒利的牙齒。

「哎呦，莫非還成精了，能聽懂人話？」掌櫃哈哈一笑，「小姑娘，我們這兒也收購皮子，妳要不要把這隻小狼賣給我，我可以給妳十兩銀子。」

吳嬸聽到十兩銀子，驚訝地倒吸了口涼氣，連忙推了推袁香兒的胳膊，「香兒，快，快賣了，那可是十兩銀子，妳留著將來做嫁妝都夠用了。」

袁香兒啼笑皆非，拒絕了掌櫃的提議，告辭離開。

「妳想要作價幾何？咱們還可以商量看看。」掌櫃還在她身後追加了一句。

經過了這一齣，南河想起幼年時在人類城鎮的經歷，興致低落了起來，不再像之前那樣伸出兩隻爪子，扒拉著籃子邊緣張望，而是默默地蜷在籃子裡。

「別這樣，每個人類都不相同，有喜歡你們的，當然也有想要傷害你們的。妖精不是也一樣嗎？」袁香兒哄著它，「開心一點，前面有家烤鋪，我請你吃烤羊肉吧？」

肥瘦相間的羊肉經過碳火的炙烤，散發出一股誘人的香氣。這股狼族無法抵禦的奇香，很快讓南河忘記了不愉快，重新從籃子裡鑽出來。

袁香兒將一串剛烤好的羊肉舉在南河眼前。

南河眼睛亮了，直盯著那掛冒著油花的羊肉串。

這也太香了。

羊肉是狼最喜歡的食物，何況被人類做得這麼好吃，但它又覺得作為一隻高貴的天狼，無論如何都不應該就著人類的手吃東西，這不是等於被投餵了嗎？

「快吃啊，這肉烤得地道，又香又嫩的，你再不吃我可全吃了。」袁香兒自己也吃，一邊被燙得直咧嘴，一邊含糊說話。

南河忍了又忍，最後還是抵不過肥美羊肉的誘惑，飛快地就著袁香兒的手，從竹籤上叼下一塊羊肉，轉頭大快朵頤。

一人一狼很快解決了二、三十串羊肉，吃得滿嘴油光，心滿意足。

賣烤串的師傅一邊烤著肉串一邊心疼，「姑娘妳恁得這般浪費，把這麼好的肥羊分給一隻畜生吃，太可惜了。」

「不可惜，不可惜。大叔你不知道，這不是畜生，是我朋友。」袁香兒笑咪咪地看著那隻還埋頭和羊肉奮戰的毛茸茸，輕輕順著它脊背上的柔順毛髮擼了幾把。

有了一起吃燒烤的交情，袁香兒覺得那隻彆扭的小狼對自己放下了不少戒備，於是趁它吃得開心的時候，順它脊背的毛。果真沒有像之前那樣一下跳開，只是嗚嗚了幾聲表達不滿。

其實還是挺乖的嘛，畢竟是犬科的。袁香兒心想著，覺得南河比起自己曾經養過的一隻狸花貓好多了，自從那隻貓祖宗來到家裡以後，她小心翼翼地哄了幾個月，牠才終於肯在心情好的時候，紆尊降貴地躺平讓自己摸幾下。

脊背可以，袁香兒又想得寸進尺地偷襲耳朵，看到小狼忍無可忍地齜著牙，嗷一口張嘴咬過來，才飛快地縮回手。

南河惱怒地瞪著眼前的人類，不知道她怎麼如此可恨，動不動就伸手來摸自己的耳朵。而且她似乎不覺得過分，還在自己面前「嘿嘿嘿」地笑得那麼歡快。

南河看著那個人類白白細細、沾了油脂的手指，不知怎麼的，心底突然生起一種想要伸出舌頭去舔一舔的衝動。

它被自己這種莫名其妙的想法嚇了一跳，舉起小爪子用力拍了一下自己的臉，轉過身體背對著袁香兒，不肯再吃羊肉了。

天狼族的自癒能力十分驚人，不過才過去了三兩日，袁香兒就發現南河斷了的後腿癒合了大半，已經勉強能站起身，一瘸一拐地在廚房的地上走一兩步了。

一串清脆的鈴聲突然響起，一個裝著銅鈴的鏤空藤球滾到了小狼的腳邊，它警惕地低下頭左右看了半天，確定那只是一顆普通的藤球而非法器。

「看我發現了什麼，我們來玩球吧？來，來，丟回來給我。」袁香兒站在爐灶邊上對它招手。

準備著雞鴨飼料的袁香兒不知道從哪個角落翻出了一顆球，就想著和毛茸茸玩推球遊戲。

愚蠢的人類，整天不知道在想些什麼。南河不屑地別過頭，不理會她。

它的注意力全在灶上燉著的一大鍋牛骨湯上。那鍋湯裡放了牛大骨，已經咕嚕咕嚕地燉了一整個早上了，香味一絲一縷地從蓋子的縫隙裡跑出來，主動鑽到南河的鼻孔裡。

到底什麼時候才能吃，人類做的食物確實很好吃，就是太麻煩了一點。

當然，即便它再想吃，也不可能主動問出口，面上還要努力維持著不屑一顧的冷淡。只有那條拖在身後的尾巴不耐煩地來回掃動，稍微洩露了它渴望的心情。

袁香兒掀開鍋蓋，一縷白色的蒸氣帶著牛肉的香味升起，在小小的廚房裡瀰漫開來。

南河忍不住坐直了身體。

「湯差不多了，這個骨頭也沒啥用了吧。」袁香兒看著那鍋牛骨頭湯，用筷子把裡面的牛骨夾出來，放進了一個盆子裡。

隨後在南河渴望的目光中，拿著盆子，提起一大桶用剁好菜葉混著剩飯的雞鴨飼料，向廚房外走去。

南河心裡有些疑惑，這幾天內，每次有好吃的東西，袁香兒總會第一時間和它一起分享，連吃飯的時候都把它擺在同一張長凳上，它已經下意識習慣了。這次是要把食物端到哪裡去？

小狼一瘸一拐地慢慢跟了出去，看見那個人類提著木桶，分別給那些雞窩、鴨舍、鵝棚裡分了食物，然後把那盆冒著熱氣的牛骨頭擺在梧桐樹下的狗窩前。

院子裡那隻不要臉面的黑狗歡天喜地地衝過來，一邊諂媚地拚命搖尾巴，一邊把腦袋埋進本該屬於它的盆子裡去。而那個女人肆無忌憚地伸手摸那隻黑狗的腦袋和耳朵，還順著牠肥碩的身體揉搓了好一會兒。

南河心裡湧起一股怒氣，它想要一口咬斷那隻黑狗的脖子，看那個女人還能把本該屬於自己的食物分給誰？

啃骨頭啃得正歡快的黑狗突然感到一股殺氣，牠抬起頭看見那隻小小的銀狼，正在不遠處用一雙冷冰冰的眼睛盯著自己。

那只是一隻小小的幼狼，但從主人帶它回來的那一天，小黑就憑動物的直覺，察覺到這是一隻龐大而恐怖的存在，是自己不能隨便招惹的。

牠害怕地夾起尾巴，委屈地嗚嗚兩聲，把自己吃飯用的盆子往小狼的方向推了推，表示退讓。

誰要用那個髒兮兮的盆子，吃你碰過的東西！南河更怒了。

袁香兒這才發現了跟出來的南河。

「小南怎麼出來了？腿還沒好，別亂跑。」她把南河提到梧桐樹下的石桌上，看見小毛團不愉快地蜷著身體別過臉，才注意到它和小黑之間的彆扭。

「原來你想吃這個牛骨頭呀？這個燉得太久，已經沒味道了，一會兒師娘會用牛肉湯做牛肉麵，還有大塊的醬牛肉，到時候我們一起吃。」

毛茸茸的小狼從鼻子裡哼了一聲，表示自己一點都不想吃牛骨頭，可惜那對垂下去的毛耳朵，早已在聽到這句話的時候飛快地豎了起來，還愉悅地抖了抖，澈底洩露了它的內心。

袁香兒餵完了雞鴨，拍拍圍裙，洗淨雙手，在石桌邊上坐下。她拿出一疊黃色的符紙和一盒朱紅的朱砂，開始練習繪製符籙，這是她每日必做的功課。

南河好奇地趴在桌面上看著她的一舉一動，那個人類白皙的手指握著一隻褐色的筆管，指尖泛著淡淡的粉色。

那支筆沾染了赤紅的朱砂，在黃紙上筆走龍蛇，天地間的靈氣似乎伴隨著那豔紅色的線條游動了起來。

輕風徐來，冬日暖陽。

時間緩緩流逝，院子裡的小雞在咕咕地叫喚，廚房裡傳來師娘攪動鍋子的聲音，袁香兒畫得很專注，微風輕輕勾起她細碎的鬢髮。

周圍不知道在什麼時候變得寂靜。

「請問自然先生在家嗎？」

一道女聲突兀地在袁香兒的身邊響起，袁香兒筆頭一頓，驚起一身的雞皮疙瘩。

那個曾經在大門外不敢入內的女妖，不知何時進到了院子中。

錦衣華服，妝容美豔，就那樣靜悄悄地站在袁香兒身邊。

「我師傅不在。」

袁香兒的回答簡潔，沒有問任何多餘的話。

這個突然出現的女人令她十分忌憚。

雖然師傅離開了多年，但這個家因為留有師傅的氣息，從來都沒有妖魔敢主動靠近這個庭院，更不用說像這樣悄無聲息地闖進來。

院子大門外的屋簷下，有袁香兒親手掛上去的八卦鏡，貼著驅魔除妖的鎮宅符。但這個女人可以在不驚動自己的情況下進來，足以說明它的道法高強。

「不在嗎？請問他什麼時候會回來？我可以在這裡等他。」女人說話的時候微微頷首，謙遜有禮。

袁香兒暗自打量著它，見它朱顏秀麗，鬢髮紋絲不亂，神色肅穆冷清，一身衣物打扮考究而齊整，舉止之間透出良好的禮儀規範，完全像是一位富貴人家的娘子。因為過於類人，又缺失了一點活人應有的氣息，反而給人帶來一種不協調的恐懼感。

「我不知道他什麼時候回來，妳還是先回去吧。」

袁香兒一邊說著，一邊悄悄退後一步，背在身後的手指暗自扣好一枚符籙，另一隻手在摸到桌上弓背炸毛的小狼後，把它提起來往後丟，打著手勢叫它退到屋內去。

南河滾落在她身後，翻身起來，死死盯著那個突然出現的女人。如果袁香兒的背後有眼睛，她會發現此刻的小狼眼中帶著躍躍欲試的興奮，一種面對強敵時渴望挑戰的野性。

「我來了好多次，都沒有感覺到他的氣息。」女人側著面孔看著身邊掉光葉子的梧桐樹，似乎在回憶些什麼，「先生答應過我，封禁五十年，就會親手放我出來，為什麼始終沒有來？」

袁香兒眨眨眼，根本不明白它說的是什麼。師傅離開得非常突然，既沒有交代她什麼事，也沒有留下任何東西給她。

豔陽高照的庭院裡，突然起了大霧，蒸煙騰起暝日月，灰霧迷濛色氣昏，須臾間花木不見，頃刻裡人跡難尋。

庭院中的樹木枝條失去了往日的形態，扭曲著漆黑的軀幹，變得張牙舞爪。它們伸長尖利的爪牙，向中間區域匯聚。

迷霧之中，只有那女子蒼白的面孔和華美的衣裙不受影響，依舊清晰可見，它伸出白皙的手臂，撫摸出現在身側影影綽綽的黑色樹枝，「我一直在這樹底下等著，等著先生來解開我的封禁，他為什麼沒有來？難道他和人類一樣，學會了欺詐和矇騙？」

它說這話的時候，無數尖銳的黑色樹杈在四周化為魔爪，鋪天蓋地地向袁香兒的方向撲來。

袁香兒駢劍指，祭一道金光神咒符，口中念頌有聲：「天地玄宗，萬氣本源，金光速現，降妖除魔，急急如律令！」

黃符凌空，金光燦燦，現出一位金甲神靈的虛影，那位神靈三目四臂，手持金闕神鏡，怒目生嗔，威風凜凜。

她舉臂托起那面靈光寶鏡，鏡面中一道金光射出，劈開濃霧，那些鬼魅般的黑色樹影無處遁形，在金光掃過之時化為黑煙消散。

金光打在那個妖魔身上，女子光潔的肌膚在金光的照耀下晃動，它神色冰冷地看著袁香兒，似乎對此毫無畏懼。

它那塗了口脂的櫻桃小嘴，緩緩向著臉頰的四個方向裂變，詭異地扭曲開闔，從中吐出腥紅的蛇信，秋水般的眼睛上下同時多出兩對眼瞼，而身體的下半部化為肉白色的蛇尾。

蛇尾盤旋縈繞，人首高舉凌空，六隻眼睛齊開，六束白光從濃霧中掃射過來。空中那金甲神的虛像，在亂掃的白光中逐漸變淡，最終消失無蹤。

袁香兒轉身就跑，她能夠瞬發的指訣和符籙顯然對付不住這個妖魔，而大型的陣法和符咒需要準備的時間。

雖然這些年她也修習過煉體養氣的功夫，但近身搏鬥非她所長，肯定不是這隻形態猙獰的大妖怪的對手，還是逃跑來得更實際。

尤其對方的原型還是袁香兒最討厭的爬行類冷血動物，光是看著那條粗大的肉白色尾巴，就令她心生厭惡，起了一身的雞皮疙瘩。

她還沒跑出兩步，就突然發現那隻她以為早就跑遠了的小狼，竟然還在自己身後的不遠處，正齜著牙蹲伏身體，一副隨時準備衝上去的模樣，而那覆蓋著鱗甲的巨大蛇尾，已經捲水搖天地掃過來了。

袁香兒在心裡暗罵一聲，腳下拐了個彎，一把將小狼撈到自己懷裡，同時匆忙地反手給自己加持了一道天帳護身符。

只因頓了這麼一瞬，那隻粗大的蛇尾已經掃到她身上，護身符「嗡」一聲撐開一道金色的屏障，袁香兒只覺一股巨力襲來，天旋地轉，直接滾到一邊。她暈頭轉向地爬起身來，察覺到臨時加在身上的護符靈光已經被撞碎消失。

她低頭看了看抱在懷裡的小毛球，看起來沒有大礙，自己的手臂倒是火辣辣的疼，翻過來一看，不知何時蹭破了皮，血淋淋的一片。

袁香兒來不及罵那隻不聽話的小狼，先抬手祭出一道神凰符，一隻赤紅的小巧身影從符籙中脫離顯現，張口噴出灼熱的明火，逼退氣勢洶洶、盤桓而來的蛇妖。

此刻的南河掛在袁香兒的手臂上，低頭看著那隻把自己護在懷裡的手。

那隻手本來白皙又漂亮，喜歡動不動就伸過來揉自己一把，靈巧又柔軟的手指翻來轉去，就能變出香味奇特的食物，若是持上法器，又能驅使出力量強大的法咒。

曾經它無數次想過要將它們咬斷撕碎，吞進肚子裡去。

但此時此刻，這手上鮮血淋漓，細細的手指因為疼痛而伸不直了，攬著自己微微顫抖。它知道人類的術法強大，但肉體脆弱得很，是隨便撓一把都可能沒命的生物。

愚蠢的人類，自己這樣脆弱卻毫無自知之明，竟然蠢到想用這麼弱小的肉體來保護它？

南河盯著那些紅色的血珠看，心底湧上一股戾氣，這個人類是我看中的食物，只有我能吃，別的妖怪憑什麼弄傷她？

袁香兒知道自己能召喚出來的火鳳體積太小，能夠實施有效攻擊的時間很短，但這已經是自己目前能夠瞬發的最強攻擊型法術了。

她最好是趁著火鳳沒消失的當下繼續跑，只是後院有師娘，周邊都是鄰里，萬一自己跑了，這隻蛇妖鬧騰起來，不知道要死多少人。

就在這種危機的時刻，那隻不聽話的小狼趁她沒有留意的時候，從她的手臂間溜了下去。

小小的毛團一落地，身影似乎就變大了一圈。

袁香兒揉了揉眼睛，眼前白色的小狼像是充了氣的氣球一般，轉瞬間越變越大，從巴掌大小的一團，變成獵犬般的大小，及至小牛犢似的塊頭，最終宛如一隻雄獅。

厚實的脊背擋在袁香兒的身前，抖了抖威風凜凜的銀白毛髮，發出一聲驚天動地的狼嚎。

那隻來勢洶洶的盤蛇停下了肆無忌憚的攻擊，尾部防守性地盤旋成一團，直立起六隻眼睛的人首，有些顧忌地看著突然出現的銀白色天狼。

「天狼族？天狼族不是早在百年前舉族飛升靈界了？這世間竟然還有天狼的存在？」女妖清冷的聲音在迷霧間迴轉，「曾經自視甚高的天狼，竟也有甘為人族走犬的一天，真是令人唏噓啊。」

「放屁，這個人類是我的食物，我先吃了妳這條蛇，再吃她也來得及。」天狼的聲音低沉而有磁性，但說出來的話還是帶點年少的稚氣。

「那你怎麼不過來？看你的腿行動不便，是受傷了吧？」

蛇妖的六隻眼睛瞇成一條縫隙，細細的蛇信從口中吐出來又瞬間吸回去，一股綠色的霧氣以它為中心向四面瀰漫。

南河似乎不懼那毒氣，凌空撲向巨蛇，一口咬住那隻蛇妖，蛇妖粗壯的尾部瞬間纏繞上來，緊緊纏住它的身軀，一狼一蛇翻滾纏鬥，揚起漫天沙塵。

袁香兒這才從震驚中回過神來，狼蛇之間的纏鬥她看得清清楚楚。

南河的後腿依舊無力，所以它用利爪和尖牙死死咬住蛇妖，不讓它脫離自己的身邊。顯然那隻蛇妖明白了這一點，拚命勒緊它的身軀，想迫使它鬆手，以便拉開有利於自己的戰鬥距離。

我必須趕快做點什麼。袁香兒著急地想。

此時的袁香兒雖然脫離了戰鬥，得以騰出手來，但南河和蛇妖過度緊密地纏鬥在一起，無論她施展什麼樣的攻擊，都會同時傷到它們兩個。

蛇妖布滿肉色鱗片的身軀一圈一圈，緊緊纏繞在南河的身上，把那身自己精心養了這麼多天，好不容易養出點光澤的銀色毛髮勒得凌亂不堪。袁香兒知道南河腹部的傷有多嚴重，更清楚它斷了的腿還沒完全好。

但那隻巨大的天狼，一腳踩住蛇妖的腦袋，死死咬住它的後脖頸，它們彼此掐住對方的要害，就看誰先斷氣。

袁香兒的心都楸緊了，雖然活了兩輩子，可家境優越的她並沒有經歷過真正意義上的大風大浪，但她知道，現在不是可以慌的時候。

師傅不知仙蹤何處，南河身負重傷，師娘非道門中人。如今她已經沒有任何可以依賴的人，反而應該由她立起來，成為他人的依靠。袁香兒摸索到掉落在地面的符筆朱砂，努力使自己鎮靜，隨後屏氣凝神，開始在地面上繪製一個圖案極其繁複的陣法。

此陣法的全稱為「太上淨明束魔陣」，是她見過師傅余瑤極少使用的陣法之一，她深知此陣法施展出來的威力極其強大。

如今的袁香兒並沒有十足的把握，來完成這個難度極高的陣法。

太上淨明陣不僅對布陣者的法力和經驗要求很高，更因為陣法過於繁複而導致成功率極小，但她認為眼下這個情況，最適合使用這個陣法，並且是最有把握制服蛇妖的陣法。

不允許出錯，也沒有時間失敗。

袁香兒深吸了兩口氣，沉靜心神，提筆沾染朱砂，赤紅的線條在地面上流轉成型，一顆不安的心隨著符筆運轉、陣法初成，而逐漸平靜下來。

就在她身邊不遠之處，螣蛇鬥凶狼，黑沙走石，妖氣衝天。而袁香兒彷彿進入了一種物我兩忘的境界，周身的靈力和筆尖一點朱砂連成一線，溝通天地靈氣，漸成神鬼之陣。

收筆成陣之時，她用負傷的左手掐劍訣點在陣眼，紅色的血液流入陣中，頃刻間，繪製在十二地支方位的符文像被賦予了生命一般，靈活游動。

陣法內外三套同心圓陰陽倒錯，正反轉動，華光一閃而過，束魔陣的圖文隱沒痕跡，在土地上消失無蹤。

袁香兒從那種玄妙的狀態中脫離，方才感受到的靈力彷彿被抽空一般，全身脫力，一屁股跌坐到地上，握著符筆的手臂微微顫抖，連那支輕飄飄的筆桿都拿不住了。

我未免也太沒用了吧，袁香兒在心中唾棄自己。當年師傅施展此陣，寫意自在，行雲流水，一氣呵成。哪像是自己這樣，畫完一個陣圖就差點送掉半條命。

袁香兒唯一接觸過的真正玄門之人，只有師傅余瑤，因而一切行為考核皆以余瑤為標準。至於這個世間號稱玄門正宗的洞玄教、清一教等等門派，她也不過是耳聞，閱讀過這些門派流傳出來的一些典籍罷了，根本不知道尋常修仙門派的術法程度如何。

她卻不曉得，今日之事，若是有任何一位玄門中人在場旁觀，都會吃驚地合不攏嘴。

區區十六歲的年紀，一不擺香案，二不齋戒禱告，甚至沒借助任何法寶靈器，只在一刻鐘不到的時間內，獨力完成以難度著稱的太上淨明束魔陣。這就是玄學第一大派的洞玄教，也不敢妄言自己有這樣天賦奇才的弟子。

不過無論怎麼說，眼下這位天賦奇才袁香兒還處在十分狼狽的狀態。

她現在幾乎使不出任何一點力氣，只想坐在地上好好歇一歇，但她的戰鬥還沒結束，或者說根本還沒正式開始。

袁香兒勉強站起身，「小南，到我這裡來。」她衝著南河喊。

雖然戰鬥劇烈，但南河還是留意到了袁香兒之前藏身在遠處的動作，猜想到她必定在地面繪製了能夠協助自己克敵的陣法。

南河曾經領教過她繪製符陣的威力，猶豫了一瞬，它使出全力拖著蛇妖，盡量向袁香兒的方向滾去。

袁香兒屏氣凝神，心中緊張，兩隻大妖掀起騰騰濃霧翻滾過來。而袁香兒面前的土地平平無奇，空無一物。

近了，更近了！

銀色的狼鬃飛舞，冰冷的蛇鱗寒光閃動，兩隻大妖的身軀終於壓上了那塊夯土。

剎那間飛沙洶湧，黃沙撲了袁香兒一臉，在沙塵之中亮起了衝天的紅芒。

片刻之後，地動山搖的動靜終於平歇，漫天沙塵緩緩落下。

剛剛還空無一物的地面上，赫然顯現一圈道法威嚴的陣法，細細的紅色符文宛如活動的鐵索來回穿行，將兩隻強橫的大妖緊緊捆束在陣法中。

「卑鄙，你陷害我？果然，你們人類都是一樣的卑劣，惡毒，無恥之徒！」被紅色符文捆束在陣法中的蛇妖失去彬彬有禮的模樣，吐著蛇信，六隻眼睛現出豎瞳，破口大罵。它拚命想要撐起身體，然而細細的紅色符文光華流轉，勒緊它的身軀，一點點將它強壓在地上。

袁香兒不覺得自己卑鄙無恥，妳是一隻想把我吞下去的蛇，我作為不同物種，別說設陣抓住妳，就算把妳剁成幾段燉湯喝了，都不算多過分的事，當然這種半人形的妖魔，還是不太可能抓來燉湯的。

眼看成功制服了蛇妖，袁香兒終於鬆了一大口氣。巨大的陣法束住了敵人，同樣也捆住了南河。

南河一身銀白的毛髮早在先前的戰鬥中被血液染得處處鮮紅，即便它安靜地被束縛在陣法中，沒有流露出痛苦的神情，也讓袁香兒依舊十分擔心。

所謂太上淨明束魔陣，是在陣圖內以十二地支方位形成十二道威力強大的束魔鏈，捆住陷入陣法的一切妖魔。也是袁香兒目前唯一學會，能夠透過控制局部陣法來釋放出南河，而依舊捕獲敵人的陣法。

袁香兒小心控制陣法，緊緊收縮束縛蛇妖的咒文，迫使她鬆開纏繞在南河身上的身軀，然後鬆開捆束住南河的符文，一點點把自己的小狼放出來。

就在最後一道符文鬆開、南河抖了抖毛髮準備起身的時候，因為陣法有所鬆動，蛇妖突然抬起頭，張大了開裂的嘴，衝著袁香兒噴出一股濃郁的綠色氣體。

這種氣體飽含著高濃度的蛇毒，即便像南河這樣肉體天生強大的妖魔，在濃霧中戰鬥得久了，都覺得體內翻江倒海得難受，何況是像袁香兒這樣脆弱的人類之軀。

袁香兒轉頭看去，面上的笑容還未褪下，那團濃霧已經撲到了她的眼前。

時間在那一瞬間突然變慢了。

周圍的一切在袁香兒的眼中，彷彿成了放慢十倍速的電影鏡頭，綠色的毒氣如同雲朵一般，慢慢地變化著形狀，南河漂亮的毛髮在空中緩緩起伏。

袁香兒的左眼前方出現了一隻小小的青色小魚。

小魚靈活地在空中游動，它轉了一個圈，便一分為二，成為一紅一黑的兩隻魚。兩隻小魚首尾相連，再轉一圈，化為一陰一陽的雙魚八卦陣。圓陣生成一個透明的護罩，把袁香兒整個人籠罩其中，護罩擋住了無孔不入的綠色毒霧，使它們消散在空氣中。

「雙魚八卦陣，這是自然先生獨有的雙魚八卦陣，妳，妳怎麼會這個？」被澈底捆束而動彈不得的蛇妖驚訝不已，紅色的符文交錯勒住它的面孔，把它按在地上，都不能阻止它說出心中的詫異。

袁香兒心裡的驚訝不比它少。師傅當年不告而別，沒留下任何隻言片語和法器信物給她。

至少，她曾經是這樣認為的。

想不到師傅竟然在自己的眼裡，留下這種守護她的陣法。

袁香兒抬起手，輕觸了一下自己的左眼。

她突然想起師傅演示這個雙魚八卦陣給她看的時刻。想起師傅消失前的那一天，摸著她的頭說的那些話。在那個正午時分，竊脂趴在梧桐樹上，犀渠潛在腳邊，師傅蹲在她的面前凝望著她的眼睛，使她陷入夢境。

她在那個夢裡聽著浪濤聲，看見了一隻暢遊在海天之間的大魚。這些年來，她的眼睛偶有不適之感，讓她養成了揉眼睛的習慣……

當時她不曾留意過的種種細節，都在此刻浮現到了眼前。

原來師傅不曾不告而別，他留下了如此重要的東西給自己。袁香兒低下頭，看著自己剛剛摸過眼睛的手，感到眼眶潮溼了。

當年師傅到底是為何離開這裡，又是因為什麼原因，這麼多年都不曾回來呢？

第六章　封印

「我的天，這是怎麼啦？」雲娘匆匆忙忙地從廚房跑出來，面對著凌亂不堪、硝煙瀰散的庭院，吃驚地捂住了嘴。

戰鬥之初，蛇妖釋放出的濃霧形成了獨特的結界，即便在濃霧籠罩的範圍內戰鬥得驚天動地，迷霧之外的人既聽不見動靜，也看不清裡面的情形，最多只看得見灰濛濛的一片霧氣。

直到蛇妖被束魔陣制服之後，濃霧散去，廚房中的雲娘才聽見了院子中的響動聲，慌忙地趕出來看情況。

「呃，」袁香兒無從說起，「剛剛出現了一條大蛇。」

雲娘看不見捆在陣法中動彈不得的蛇妖，只看見了灰頭土臉地坐在地上的袁香兒，和剛剛變幻回小狼模樣的南河。

「蛇？」雲娘看到南河一身的血跡，心裡著急，「那小南身上的傷是被蛇咬的？這可怎麼辦？」

她伸手想要把小南河抱起來。南河甩了甩腦袋，避開她的手，慢慢走到了袁香兒的身邊。

袁香兒因為脫力，一時間爬不起身，稀罕地看見自己養了好幾天的小狼，慢騰騰地走過來，蹬了幾下後爬上她的腿，在她的膝彎裡找了個位子，蜷起身體睡了下去。

南河在戰鬥中吸入太多毒氣，此刻毒火攻上來，腦袋昏昏沉沉的，下意識找了個讓它安心的角落睡上一覺。它迷迷糊糊摸到一個帶著溫度又有些熟悉的地方，迅速地陷入沉睡。

「對了，家裡有蛇藥，你們等著，我馬上拿過來。」雲娘拍了一下手，飛快地往屋裡走去。

可是，那隻狗子有這麼大嗎？

走沒幾步，雲娘的腦海裡晃過了這個奇怪的念頭，但因為急著取蛇藥，她很快跳過了這個問題。

南河雖然恢復成了幼狼的模樣，但和之前相比，體積明顯大了不少，白茸茸的一大團就這麼趴在袁香兒的腿上。袁香兒輕輕搖晃陷入沉睡的它，卻怎麼晃都晃不醒。

「小南？你怎麼了？」

「它中了我的毒，人間的蛇藥是無效的，只有我有特效藥。」被捆束在陣法中的蛇妖昂起脖子，用懇求的目光看著袁香兒，「如果妳放開我，我就把解藥給妳。」

「妳先把解藥給我，我再考慮要不要放了妳。」袁香兒說。

說這話的時候，她已經做好需要拉鋸一番、討價還價才能拿到解藥的心理準備。

但一個小小的瓷瓶已經從蛇妖那邊咕嚕嚕地滾了出來，袁香兒小心地將它打開，發現裡面裝著半瓶氣味清香的黑褐色小藥丸。

「此藥能解天下百毒，妳給它吃一顆，它很快就能醒來了。不過它是天狼族，血脈強大，就算不吃藥自己也能好。」

蛇妖不僅爽快地給出解藥，還交代了底細，露出一臉「藥都給妳了，快把我放了」的表情。

袁香兒不知道該說它單純還是傻，她突然理解這些不諳世事的妖族在人間走動之後，為什麼總是把「無恥的人類」這種話掛在嘴邊了。

美麗的容貌，強大的能力，單純不設防的心，確實不適合在人類世界行走。

南河在睡夢中，依稀聽見了雨聲和女性細碎的說話聲。

它睡在一個既溫熱又柔軟的地方，有一隻手掌正順著它的脊背，一下下地梳理著後背的毛髮。

那手指溫柔地分開凝結的毛髮，撫摸著它的肌膚，時而用柔軟的指腹輕梳，時而用有力的指節按壓，每一下都恰到好處地撓到了它的癢處，這樣的舒適讓南河回憶起自己的童年。年幼的它和兄弟姐妹們一同擠在溫暖的巢穴裡睡覺，母親也時常像這樣輪流為它們梳理毛髮。

這種感覺太令它眷念，睡夢中的南河隱約感到不安，自己已經失去那樣的日子很多年了。

如今，它是這世界上唯一的天狼，孤獨又寂寞地在昏暗的森林中穿行了上百年，像這樣的雨夜，它應該獨自蜷縮在冰冷潮溼的石洞中，戒備著敵人的追殺才對。

為什麼能這麼舒適溫暖？

即便在夢境中察覺到了不對勁，它也不太願意醒來，它在夢中抬起脖頸，那裡皮膚堆積，毛髮密集，是自己最容易不舒服的地方，果然那體貼的手指立刻撓到了脖子底下，好像帶著魔力一樣，舒服到讓它想呻吟幾聲，把自己的肚皮露出來。

南河瞬間睜開了雙眼。

屋外嘩啦啦地下著冬雨，它不在森林裡，而是依舊待在人類的屋子內，躺在那個雌性盤坐著的腿上。那個女人一邊煮著茶，一邊用手指輕輕撓著它的脖子，而剛剛在夢裡的自己竟然生出了一個可怕的念頭，想要將自己最脆弱的肚子翻出來，任憑她撫摸。

袁香兒將一杯煮好的茶，擺在端坐在地上的蛇妖面前。

蛇妖所坐著的地面繪製了一個四柱天羅陣，用來限制它的行動，而它早已變幻回人形，端端正正地坐在囚禁自己的陣法中心。

它伸手接過袁香兒遞來的茶盞，右手二指捏盞沿，一指輕托盞底，左手舉袖遮面，側身在廣袖的遮擋下，將香茗一飲而盡。放下茶盞，伸出青蔥般的兩根手指在茶盞邊的地面上點了點，以示感謝。

這會兒，它不再是猙獰瘋狂的樣子，而是成為袁香兒初見時那副疏冷美豔的模樣，一套標準的品茗動作做下來，比袁香兒這個人類還更像人族。

「剛才不好意思，我叫虺螣，妳可以叫我阿螣就好。」虺螣禮貌地自我介紹。

這個世間大部分的妖魔都有一種慕強的心理，不論大小，只要你光明正大地將它們徹底打趴下，它們基本上都會用一種尊敬仰慕地態度對待你。

「所以，妳到底和我的師傅有什麼仇怨？」袁香兒好奇地問，她對師傅余瑤的了解實在太少，難得來了一位師傅的舊識，雖然是敵人，但她也想通過這隻蛇妖了解一些有關師傅的資訊。

「五十年前，我犯了一點錯事，先生教訓了我一通，把我封在一個罐子裡，壓在荒山中的一座涼亭下。」蛇妖回憶起封印自己的余瑤，不僅沒有流露出不滿的情緒，甚至還帶著一些尊敬和嚮往。

「他答應過我，只要五十年，就解除我的封禁，讓我一圓自己的心願。我遵守著和他的約定，一直等呀等，終於過了五十年的時間，但自然先生卻一直沒有來。」虺螣說到這裡，面孔上出現了忿忿不平的神色。

四柱天羅陣的虛影在空中閃過幾道電流，提醒它不能妄動。

「妳剛剛是說多少年前的事？」袁香兒問。

「整整五十年前，亭邊的老梅樹花謝了五十回，我閒極無聊，一年年地數過。」

「師傅答應妳五十年後放妳出來，現在正好五十年，妳不是已經出來了嗎？」袁香兒奇怪地說。

「可是，先生說五十年解我封禁，我為了守約，一直在那裡等著他親自來解封。」

「師傅說的是五十年後放妳出來，只要妳出來了，不管他人去沒去，都不算是他違約。」袁香兒給這位死腦筋的妖魔捋順主要邏輯，「也許他老人家法力高深，當初貼的符籙就只有五十年的效用呢？」

虺螣歪了歪腦袋，似乎在左右思考著袁香兒所說資訊的正確性。

他們這裡正說著話，那隻柔柔順順、任憑自己擼毛的小南河突然醒了過來，也不知道是受了什麼驚嚇，猛地從袁香兒膝上一躍而起，一臉慌亂地看了袁香兒片刻後，小跑到靠窗的角落裡蹲著，雙耳折了下來，帶了極為明顯的粉色，問它也不說話，只肯用屁股對著袁香兒。

袁香兒專業擼毛多年，自認練就了一身出神入化的擼毛技術，即便是再傲嬌的毛茸茸，只要在自己的手下擼個五分鐘，沒有一隻不肯服服貼貼，想不到老司機也有失手的時候。

她看著只肯用尾巴對著自己的傲嬌小王子，心裡充滿了挫敗感，真想把它一把抓過來按在地上，然後肆意妄為地揉搓一遍。

到底什麼時候才肯乖乖地主動躺平，讓我盡情擼一把銀白色的茸毛啊。袁香兒恨得牙癢癢。

「啊，這個栗子酥真是好吃，好懷念人類的食物。」虺螣舉止優雅地吃罷茶水點心，侃侃說起往事。

它喝了袁香兒準備的茶，就自然而然地開始熟稔了起來，似乎忘了此刻的自己還是人家的階下囚。

「妳應該知道的吧？」虺螣說，「自從人間界的靈氣日漸稀薄，妖魔們或是舉族飛升，或是另闢靈界，許多夥伴就漸漸不再出現在此世間了。但在這諸多靈界之中，譬如狐族所居之青丘，我族所在之中山，鬼物匯聚之酆都等，因地緣和人界毗鄰相接，久居其中的妖魔依舊喜歡時常到人間玩耍……」

虺螣乍看十分清冷矜貴，事實上卻很愛說話，很快就說起了五十年前發生在它身上的那些往事。

那時候，虺螣初從故土溜到人間，一時被人世的繁華熱鬧迷花了眼，流連忘返了起來。

用它的話來說，為了在人間節省靈力，方便行走，它將自己變化為一位容貌普通，平平無奇的少女。

袁香兒看了坐在對面那位、有著閉月羞花之貌的美豔女子一眼，心裡知道要把妖魔們說的話打一個折扣來聽。

據虺螣口中訴說，在某個清風朗月的夜晚，這位平平無奇的少女來到一座破舊貧瘠的宅院外，透過院牆的孔洞，看見了一位在月色下苦讀的書生。

那位李姓的才子容貌清俊，溫文爾雅，和虺螣一路所見的農夫大不相同，令小蛇精一時動了春心。於是勾引出一段才子佳人，月下逢狐的橋段。

「不是吧？」袁香兒沒想到自己能聽見這麼古典的狗血故事，她幾乎能猜到虺螣要面臨的結局，「所以妳不僅以身相許，還倒貼金山銀山，全力幫助那個窮小子發家致富、功成名就去了？」

「窮小子有關係嗎？」虺螣用一副奇怪的表情看著袁香兒，「人類的錢財對我們妖族沒有任何意義，我管他窮還是不窮呢？」

袁香兒舉起茶壺給它添茶，對這種人妖之戀有些好奇，「那妳圖的是什麼？」

虺螣高挽雲鬟，脖頸白皙，舉止端莊優雅，但口中說的卻全然不是人話。

「當然是圖他的容貌，饞他的身子啊。」它理所當然地說道。

袁香兒差點失手打翻手中的茶水，如果不是來自現代社會，還真的會被這位想法獨特的蛇精給嚇著。

「後來呢？」

「後來我就天天纏著他，他當然也很喜歡我，夜夜都和我在一起，我們真的過了一段很開心的時光。」虺螣回憶起往事，不善流露表情的面孔上，也微微帶了點笑意，「可惜的是，雖然我每天都很快樂，但他似乎總會有許多不開心的事，我一直想讓他和從前一樣開心，終究還是沒有做到。」

在故事的最初，那位李生也只不過是心煩食物不足，衣物寒磣，住宅破舊。

這些對虺螣來說都是輕而易舉就能解決的小事，它當然也樂於讓自己的心上人高興。

「郎君郎君，你看我找到了什麼？」虺螣帶著李生在人跡全無的草塚下，挖出了一罈子的銅幣。

李生高興地把它舉起來，在空中轉著圈，「阿螣，妳真好，總能給我帶來好運，能與卿相知相守，乃是我李生這輩子的福氣，我們永遠在一起，白首不分離。」

看見自己心愛的人高興，虺螣也覺得高興，草長鶯飛，周圍的一切都在眼前快樂地旋轉。

「白首不分離」是什麼意思？虺螣心想。

反正我的頭也不會白，是說我和郎君永遠不分離？

幕天席地，兩人滾進草叢中，虺螣拿出渾身解數盤他，快樂的聲音肆無忌憚，將野草壓低了一片又一片。

但隨著時日漸長，李生的苦惱卻變得越來越多，好在對虺螣來說也不算難事，蛇族本就有旺宅之力，哪怕它不刻意而為，只是在李生的家裡住著，李家也一日比一日興旺。

眼看李生的衣物越來越考究，往來的朋友非富即貴，宅子也從最初的茅屋變得雕梁畫棟了起來，但不知道為什麼李生反而對虺螣越來越不滿意，時常說它不夠端莊，不通世故，幫不上自己的忙。

於是虺螣開始學習人類的禮儀，模仿人類的舉動，它也盡量讓自己少說點話，迴避家中的下人，以免讓自己的心上人不高興。

「郎君請了夫子來家裡教我，讓我學了很多人類的東西，像是插花、茶道，這些事情其實還挺有趣，我一直學得很開心，可惜那些女夫子們不知道為什麼總是氣鼓鼓地離開了。李郎說是我太過頑劣所致，可是我真的沒有搗亂呀？我甚至都沒有盤到她們身上過。」虺螣顰起眉尖思索了一會兒，展了展衣袖，「妳看看我，是不是學得很像？」

「妳這只是殼子像，裡子一點都不像，妳明明是妖，又何必勉強自己做人？」袁香兒打擊它，「就妳這個說話方式，那些讀聖賢書的老學究聽到了只怕要瘋。我猜那位李先生最後也只敢把妳藏在院子裡。」

虺螣哼了一聲，「那又怎麼樣，妳的那隻小狼大概連尾巴都收不回去，所以才不得已用狼形在人間活動吧？」

蹲在窗邊的南河一下子轉過身來，齜牙吼了一聲。它當然知道以人形在人間界活動最為節省靈力，傷勢也會恢復得更快，但人類的身體遠遠不如獸形靈活，而那個女人又總喜歡對自己的耳朵和尾巴動手動腳，如果化為人形……

想到自己變為人形而逃跑不及，被這個女人按在地上揉耳朵和尾巴的畫面，南河忍不住哆嗦了一下，抖了抖自己的小耳朵。

袁香兒伸手把彆扭的小狼撈過來，不顧它四肢掙扎，將它一把按在自己身邊的墊子上，給它擺了個小碟，從茶點中撚出一塊栗子糕放在它眼前。

小狼似乎愣了愣，不搭理地轉過頭去。

袁香兒又在碟子上添了塊玫瑰火餅，看著小狼悄悄瞥了兩眼，最終還是沒有動靜，於是又添了一顆桂花糖。

鬧情緒的白毛團子彆扭了半天，總算伸出粉粉的小舌頭，飛快地把那顆糖一下捲進口中。它吃完糖，舔了舔嘴，順便把栗子糕和玫瑰火餅一起吃了。

袁香兒洗了一個茶盞，用滾水來回沖燙了兩遍，把一杯倒好的清茶放在茶托後推到南河面前。

南河聞了聞那散發著淡淡茶香的清茗，覺得喉嚨有些渴，又忍不住舔光了。

吃了別人的點心又喝了別人的茶水，自然就不好意思再跑回去，只好按捺著性子，乖乖坐在袁香兒身邊的墊子上聽蛇妖講故事。

故事很快到了尾聲，終於有一天，李生恢復了從前的溫柔，他抱著虺螣，輕吻它的脖頸，對它小意殷勤。

事後握著它的手，一臉痛苦地對它說，「阿螣，如今我什麼都有了，只缺一個孩子。為了妳我之情，我蹉跎至今，無奈傳宗接代終究是人倫大事，家慈那裡又逼得緊，縱然我心中千萬般不願，也只得迎娶高家的小姐為妻，要委屈妳做妾，我的心中也是難受得厲害，但妳放心，不過是個名分而已，妳我之間還是和從前一樣，我必不負妳。」

南河聽到這裡十分吃驚，插嘴問道，「他既然已經和妳在一起，又怎麼能夠再娶妻子？」

尟朧嗤笑了一聲，「小天狼，人類和你們天狼族可不一樣，一個人同時擁有三、四個伴侶都是常事，人族的王甚至還能同時擁有成千上萬位伴侶呢。」

從小生活在嚴格遵守一夫一妻制度中的南河，對此感到不可思議。

它忍不住抬頭看了身邊的袁香兒好幾眼，難怪她敢隨便摸我的耳朵，原來他們可以同時擁有好幾位伴侶，並不需要慎重。

莫名背了黑鍋的袁香兒完全沒想到這一碴，看見身邊的毛茸茸頻頻抬頭張望自己，就伸出手摸了摸它的腦袋，順便揉了揉它的耳朵根部，把它摸到炸毛。

「後來那位李生真的娶了新的妻子，以妳為妾嗎？」袁香兒沒留意到炸毛的小狼，她的注意力被狗血故事吸引住了。

「我從來都沒有不同意給他想要的東西，所以當他說想要新的妻子，我自然也是同意了。」虺膦有些迷茫，「但不知道為什麼，我心裡一直很不開心。於是我悄悄守在迎親的道路上，看見大紅花轎來了，看見笑盈盈的李郎穿著喜服去迎他們，發現他根本就不像他說得那樣無奈痛苦。我突然又不想同意了，就在草叢中化做一條大蛇，想把他們全嚇回去。」

「後來呢？」袁香兒和南河齊齊開口問道。

「想不到李郎對我早有防備，他早早請了好幾位道法高明的術士混在迎親的隊伍中，便是為了克制我。我當時十分生氣，化出原形，鬧騰了一通。」

袁香兒想起它剛剛在自己院子裡「鬧騰」的模樣，知道它這「鬧騰一通」，未必像它說得這樣輕鬆寫意。

妖魔率性、單純，沒有人類的是非觀和價值觀，並且擁有恐怖的力量，時常在人間掀起腥風血雨，因而才有了那麼多斬妖除魔的故事流傳下來，實際上細述根源，也未必都能分得清誰對誰錯。

只能說脆弱的人類，不適合和如此強大的存在混居在同一個世界。袁香兒覺得或許冥冥之中自有天道迴圈，才使得人間界的靈力日漸稀薄，人妖兩隔，各自相安。

「因為我鬧得有些厲害，最後驚動了路過的自然先生。先生施展神通將我封印進一個罐子中，當時我心中不服，同他爭辯。先生勸我說，只要我願意在這個罐子裡待上五十年，他就放我出來，若我到時候還想和李郎在一起，他也不再管束。」魍魎摸了摸自己如雲的美鬢、青春的容顏，「我想五十年也不過是轉眼間的事，於是就安心地數了五十次花開花落。」

「這麼說，妳是打算回去找那位李郎君？」袁香兒說。

「當然，我十分想念他。」魍魎似乎已經忘了當年和那位郎君之間「小小的」不愉快，心裡只掛念著曾經的那份美好。

袁香兒看了它一眼，有些欲言又止。五十年的時間，對妖魔來說可能只是短短的一瞬間，但對於人類而言，就是黃童到白叟的一生。

或許是壽命過於漫長，妖魔的記性時常是淺淡而具有選擇性的，對於時間的觀念也十分淡薄，當初袁香兒都已經來到這個院子兩年了，竊脂還時常以為她是昨天才剛到小娃娃。

「那麼，妳還記得你們當年居住的地方嗎？」

魍魎果然被問倒了，「糟糕，我不記得了。」它驚慌地思索了片刻，「我只記得那個鎮子上有兩條交匯在一起的河流，河流邊上有一座河神廟，廟的屋頂上有一個金燦燦的寶葫蘆。」

「我知道這個地方，好像是兩河鎮，離此地不遠。」袁香兒想了想，「如果是兩河鎮的話，我可以陪妳去一趟。」

第二日一早，袁香兒收拾東西，準備前往毗鄰闕丘鎮的兩河鎮。

一個白色的毛團子一瘸一拐地跟到了門口。

「小南也想要一起去嗎？」袁香兒彎腰蹲了下來。

男性低沉的嗓音突然響起，只說了一句話，「妳不是這隻蛇的對手。」

南河的聲音其實很好聽，但它極少開口說話，以致於袁香兒都沒辦法把這大提琴般的嗓音，和那隻毛茸茸的小傢伙聯繫在一起。

它說的話簡潔冷淡，實際上卻是對這隻蛇妖不太放心。

袁香兒很快捕捉到來自南河那彆扭的關心，心情愉悅地把平時出門用的提籃墊得軟軟的，將小南河放進去。

虺螣化為一條手指粗細的小蛇，盤在一個小小的竹籠裡，為了防止它暴起傷人，袁香兒在籠口貼了封禁的符籙，把竹籠一併放在籃子中。

在和雲娘告辭的時候，雲娘剛好看見，吃驚地說：「哎呀，哪來的小蛇，怎麼去兩河鎮還帶著這個？」

出了大門外，袁香兒急忙提起裝著虺螣的籠子，用口型小聲地問，「妳沒有隱祕身形嗎？」

「為什麼還要隱去身形？」虺螣在籠子裡立起小小的蛇頭，同時張開了六隻眼睛，「妳看我變得這麼像，基本和人間的蛇一模一樣，沒必要再隱形了吧？」

「不准同時現出六隻眼睛，不，一隻也不可以，只能是左右兩隻。對，就是這樣，妳要是再變出三隻眼睛，我就把籠子蓋起來。」

第七章 離去

來往闕丘和兩河鎮的車馬很多，袁香兒交了五個大錢，搭上了一輛運柴草的牛車。

昨夜剛下過一場大雨，氣溫驟降，地面上的水漬結成了薄冰，車輪碾上去發出咯吱的聲響。道路兩側的樹木掉光了葉子，只剩下光禿禿的樹幹。

坐在搖晃的牛車上，看著那些飛馳倒退的樹幹，袁香兒突然想起當年趴在師傅的背上，一路順著綠蔭林道來到闕丘鎮時的情形。

「阿縢，妳說妳五十年前就遇到我師傅了？」袁香兒突然發現這個故事中不對勁的地方，「那時候的師傅長什麼樣子？」

「先生乃是神仙一般的人物，容貌當然也是一等一的好，會弁如星，青竹玉映，世無其二，令人見之忘俗……」虺縢只要說到余瑤，總是一臉敬仰。

原來師傅在五十年前，就和如今一個模樣了，袁香兒心中既詫異又欽佩，或許師傅已經修煉到了生道合一，達到了長生久視、全性葆真的大能境界。

只可惜師娘卻是一位不能修道的普通人，袁香兒細細回想，突然想起師娘這麼多年來，容貌似乎都沒有發生明顯的變化，前些日子尋到鎮上的那位周姓士紳，也曾說過師娘的外貌和二十年前的樣子一般無二。

牛車搖晃了一路，來到兩河鎮。

或許是五十年來城鎮的變化太大，虺螣怎麼找都找不到自己曾經住過的那座豪華宅院。

「我當時獨居後院，甚少和外人接觸，只記得所住之處雕梁畫棟，軒昂壯麗，占據了大半條街的位子。」虺螣看著似曾相識的街道說道。

它只知道自己的郎君姓李，連個全名都不曉得。在科技不發達的年代，想要在人口密集的城鎮中找出一個人，幾乎是大海撈針，無從找起。

走累了的袁香兒坐進一家茶樓歇腳，在二樓的雅座上點了一壺龍井和幾碟點心，把南河和虺螣的籠子擺在桌面上，讓它們透透氣。

茶樓場地的一角搭著個檯子，一位年過花甲的說書先生穿著長衫，懷抱一架三弦，正在臺上有聲有色地說著段子。

巧得是這位說書先生，說的正是五十年前虺螣和李生之間的故事。原來此事曾在當地鬧得沸沸揚揚，便有文人墨客依據傳說來添筆潤色，寫出了《李生遇蛇》的說書段子，至今還被本地居民津津樂道。

只見那位先生搖動琴弦，弦音千迴百轉，如訴如泣，一下拉住了全場的注意力。

「卻說那李生，自娶了蛇妻之後，家業一日比一日興旺。當年誰人不知，就門外這條紫石街，從街頭打著馬走上一刻鐘，都還出不了李宅的範圍，那宅院之內奇花異石，嬌奴美婢，金磚鋪就地面，白銀鍛為山石，綾羅裹上枝頭，紅蠟充作柴禾。主人端莊大方，夜夜笙歌，大宴賓客。真是個潑天的富貴，享不盡的榮華。」

「若能受著這般榮華富貴，別說娶一位蛇妻，即便是狐妻、鬼妻，我也一併娶了！」臺下的一名大漢聽到興奮處，一拍桌子出聲應和。

「聽說那位蛇妻，長得天仙一般的模樣，只要見上一眼，就能勾得男人的魂魄，到底是也不是啊？」另有人起哄。

對於這些聽書的普通人來說，最吸引他們的還是故事中的「豔」字。

「諸位稍安勿躁，且聽我慢慢道來。」說書人搖頭晃腦地說道，「那位牖娘子被李生哄著，養在後院，不許旁人得見。在這偌大的兩河鎮見過它真容之人也寥寥無幾。老生不才，年幼之時，倒是有幸一窺仙顏。」

頭髮斑白的老先生說起了自己的童年往事，還微微透著點得意：「當年老生不過十歲頑童，嬉鬧蹴鞠之時，將一個藤球踢進了李宅的後院，心裡捨不得，翻過牆頭去尋。將將從牆上下來，便聽見一個女子的笑聲遠遠傳來，於是我悄悄地尋摸過去，只見院中架著一個鞦韆架，一位青衣女子坐在那鞦韆上，正高高地盪上天空，發出一連串銀鈴般的笑聲。老生當年還是稚童，雖只瞥見那位娘子一眼，就再也忘不了了。」

「你這個老窮酸，娘子到底長啥樣，你倒是快說呀。」場下的人急了。

說書人嘆了口氣，拉動三弦，曲樂悠悠，淒婉綺麗，伴隨著曲調唱了起來：「楊柳腰身芙蓉面，新月峨眉點絳唇，盈盈秋水目有情，緲緲綾羅體生香，人間哪尋冰雪樣，敢是仙子降凡塵。」

聽著說書人肺腑之中吟出來的打油詩，都不免在腦海中勾想出五十年前那位佳人的模樣，發出嘖嘖驚嘆之聲。

連袁香兒和南河都被這位老者抑揚頓挫的說書方式吸引住了，忍不住扶著雅間的憑欄往下看。

虺螣在籠中盤著尾巴直起頭顱，連連點頭，「沒錯，說得很對，我就是這麼漂亮。」

「可嘆人間不足，欲壑難平，那位李生得了這般如花美眷，潑天富貴，還不甚滿足，又想博個功名前程，卻已經受不了那寒窗苦讀的辛勞，於是打起前高侍郎高家大小姐的主意，捧著金山銀山上門前去求娶，還要哄著那位螣娘做妾。」

臺下又是一陣唏噓議論之聲。

有人道：「螣娘子一山野精魅，又沒有三媒六聘，不過是夜奔私會，無媒苟合，做妾也是應該。」

也有窮酸的書生將自己代入到故事之中，故作痴情道，「若有這樣一位美貌佳人，能為我紅袖添香，匡助資斧，供小生進學苦讀，小生必不負它如此情誼。」

臺上琴音急轉，嘈嘈切切，有如珠玉落盤，擂鼓齊鳴，故事轉入最為高潮的階段。

「那李生高頭大馬，志得意滿，迎娶新娘之際，路邊突然刮來一陣怪風，只見飛沙走石，狂風亂捲，昏暗中一對燈籠舉在空中，搖搖而至，及至近前，卻是一隻盤山大蛇的雙眼，那大蛇張開血盆大口，一股腥風刮起，掀翻了花轎人馬，只見那新娘從轎中滾落，新郎掉下了馬，好好的一支迎親隊伍一時間人仰馬翻，哭爹喊娘。客官們卻道這是為何？原來是那蛇妻打翻了醋壇，心有不甘，現出原形前來攪和。」

聽到這裡，本來還嚷嚷著要娶蛇妻的幾個男子不免後背生寒，縮了縮脖頸。

「那李生和蛇妻相處多時，十分清楚妻子的底細，早已重金尋得數位高功法師，喬裝打扮潛在迎親的隊伍中，就是為了防備這個時刻。一時間金光符咒，寶器凌空，都要擒這蛇妖。誰知那螣娘子道行高深，凶性大發，法師們拿不下它，只殺得紫石街上血流成河，屋毀房塌。如今在街尾，還留有一道三丈深的石坑，便是那蛇妖一尾巴甩出來的痕跡，故被稱之為『落蛇坑』。幸得當年一位有道高人行腳經過，這才施展大神通，降服了那隻蛇妖，否則兩河鎮如今是否還存在於這世間，都未可知，未可知矣。」

說書人收住琴音唱了一段悲歌，複又嘆息，「當時騰娘子被法師制住，化為一條白瑩瑩的小蛇盤在地上，抬頭望著李生，可嘆李生無情無義，只忙著攙扶侍郎家的新妻子，哪裡顧得著蛇妖舊人。由得那位法師將蛇妖攜了遠去，自此世間再無蛇妻之說。」

「那位娘子最後如何？」

「蛇娘子如何已無人知曉，不過故事中的李生卻是咱們鎮上之人，想必諸位也都知曉他的結局，就無需小生多言了。只有一句話送於諸君，『善惡到頭終有報，黃粱一夢皆須了』。咱們人活一世，還是少做那些忘恩負義之事為妙。」

說書人嘆了個結局，放下三弦後拿了個托盤出來，下場子尋打賞，「今日這《李生遇蛇記》就為客官們伺候到這裡，若是諸位覺得有些聽頭，還請慷慨賞賜一二。」

袁香兒伸手從欄杆上丟下幾個大錢，笑盈盈地問道，「先生，我是從外地來的，覺得這個故事十分有趣，想和您打聽一下，那位故事中的李生是何許人物？如今可還活著？」

周圍眾人哄笑起來，「活著呢，活得可好了，過著神仙般的日子。」

說書人收起那幾個大錢，陰笑道，「小娘子別聽這幾個潑皮胡說。那李生自趕走了蛇妻，娶了高小姐之後，自以為很快就能仗著岳父青雲直上了，誰知人算不如天算，那位高侍郎早在京都犯了事，急需大量的金錢來填那官司的無底洞，方才把家裡的小姐嫁給他這位土財主，也不過是圖李生家的錢財罷了。」

「可憐那李生傾盡家財，終究也沒能保住岳父的官職，一個是文弱書生，一位是金貴小姐，雙雙不通庶務，又顧著面子放不下排場，剩下的那點錢財，須臾間好似雪山消弭，不知不覺就不見蹤影。這般磋磨了幾年，日子每況愈下，夫妻整日相互打罵，到底也沒留下孩子，年老之後無人奉養，淪為街邊乞丐，倒也可悲可嘆。所以我們這裡固有說法，蛇乃為保家仙，時常在庭院中見到，都不可傷之嚇之，若是恭敬供奉，能保家宅興旺，傷之性命，破家散財。這位李生卻是不信邪，終有此報，怨不得誰。」

身邊有那好事之人，伸著脖子喊到：「小娘子若是想見那李生的模樣，現在推開窗戶，看看睡在對街泥潭裡的那位就是。」

袁香兒依言推開窗。

冬日午時，陽光有些晃眼。

一個老乞丐坐在對街的牆角曬太陽，雞皮鶴髮，滿身汙穢，顫顫巍巍地伸出乾瘦的手指抓撓身上的蝨子，像是這冬季裡即將腐朽的枯木，終會隨著冰雪消融，爛進泥地裡，被世人所遺忘。

此刻，就在他的不遠處，隔著街道上川流往來的人群，靜靜站著一個女子，蓮臉嫩，體紅香，宛轉蛾眉，春華正好。

「這是誰啊？」

「哪家的娘子，好像不曾見過？」

「我們鎮上竟然有這般漂亮的美人？」

「輕聲些，仔細唐突了佳人。」

路過的行人低聲議論，年輕的後生們都忍不住頻頻打量，悄悄羞紅了自己的臉。

袁香兒急忙轉頭看桌上的竹籠，籠上的符籙不知什麼時候脫落，籠門大開，裡面的小蛇早已不知所蹤。

阿騰聽不見身邊的那些議論，旁若無人地靜立在街頭，滯目凝望。

它這一眼，穿過紛擾人群，穿過數十年的光陰，有一種未覺池塘春草夢，階前梧葉已秋聲的恍惚。

不知人間歲月為何物的小小妖魔，終於嘗到了那點人生苦短，譬如朝露的酸澀之意。

「妳，妳是阿騰？」坐在泥地裡的老乞丐抖著手，瞇眼看了半天，突然興奮了起來，他拄著拐杖勉強爬起身，顫顫巍巍地分開人群，蹣跚地向前撲過來。

「阿騰，我的阿騰，妳終於回來了，我在等妳，這些年我一直等著妳。當年仙師就說過，我定能活著等到再見妳的那一日，先生果然沒有騙我，沒有騙我……」

阿贜後退了兩步，帶著奇怪的表情看著那顫抖著走向自己的人類，那人的頭頂只剩三兩根稀疏的白髮，皮膚乾枯鬆弛，滿面色斑沉積，帶著一身腐臭味，用沒了牙的嘴呼喊著自己的名字。

一個被擠到的路人不耐煩地推了乞丐一把，「臭乞丐，阿什麼贜，都過了幾十年了，還整天阿贜、阿贜的，做你的春秋大夢吧！」

乞丐撲在地上，又顛顛地爬起來，抬頭一看，空落落的街口只有一束灼眼的陽光照著，光束裡的飛塵輕輕舞動，彷彿嘲笑著不知所措的他，哪裡還見得著什麼美貌佳人，夢裡蛇妻。

回程的時候，化為人形的阿贜靜靜地坐在車上，屈臂搭著車沿，回首凝望著兩河鎮的方向。

袁香兒看著它那白皙的脖頸和沒什麼表情的面孔，不知道要怎麼開口安慰這位和自己不同種族的朋友，「阿贜，妳還是很捨不得那位李……郎君嗎？」

阿贜轉過頭來看了她片刻，輕輕搖頭，「若我戀慕的是郎君本人，無論他化為如何老朽的模樣，我都應對他見之欣喜。如今看來，我不過愛慕他的皮囊而已。幸得先生洞察世事，點化於我，我方知自己心中之所求。」

車行漸疾，寒風刮得臉上的肌膚生疼。

袁香兒把毛茸茸的小狼撈到自己的膝蓋上，解下身上的斗篷後倒過來穿，將小狼和自己一起攏在大毛茸斗篷裡。

「這樣比較暖和。」她說。

南河的小腦袋掙扎著從斗篷中鑽出。

「妳、妳的生命也這麼短嗎？」那道好聽的男低音再度響起。

「對啊，人類的生命就是這麼短。」袁香兒望著天邊連綿的山頂上，漸漸往下掉的夕陽，「在你們看來就好像蜉蝣一般，早上出生，晚上就死了。好在我們人類通常不會這麼覺得，還認為人生挺漫長的，煩惱很多，快樂的事也很多。」

南河的聲音不再響起，袁香兒藉著斗篷的遮蔽，悄悄在它的背上肆意妄為地擼了好幾把，它都一反常態的沒有躲避。

真是太好摸了啊，要是每天都能這麼乖就好了，袁香兒暗自想著。

什麼譬如朝露，反正我現在還朝著呢，不用去想暮的事情。

回到闕丘鎮的時候已鄰近昏黃，袁香兒抱著小狼，正要推開院門，跟在身後的阿朧卻停下了腳步，「我就不進去了，攪擾多時，承蒙不棄，來日再來拜謝。」它叉著手，微微彎腰行了一禮。

熱鬧的集市上，袁香兒穿行在人群中，採買生活用品。

「南河，你說阿螣是回它的家鄉去了，還是依舊留在人間界呢？它那種性格實在太容易吃虧了，真讓我有點擔心。」

自打從兩河鎮回來已過去了多日，袁香兒帶著南河，在一個豬肉攤子上挑揀。

「老闆，切一刀條肉，要撿好的給我。」她指著自己挑好的肉。

「好嘞，小娘子放心。」屠夫將手中的殺豬刀在磨刀石上霍霍兩下，動作麻利地切下一條豬肉。

肉攤邊上挨著賣家禽的攤子，幾籠待宰的雞鴨擠在一起，聒噪個不停。再過去是羊肉攤，掛著新鮮帶血的羊頭，另有賣狗肉的，賣凍魚的，不一而足。

屠夫們霍霍的磨刀聲和家畜的各種鳴叫，混雜出人類集市的繁榮與血腥。

「那條蛇很強。」南河突然開口，「強者自有天地，弱者無從選擇，本是世間法則。」

「你是說阿螣很強大，所以才有單純的資格？」袁香兒伸手摸了摸小狼蓬鬆的腦袋，「想想還真是這樣，如果它只是一個普通女孩，這樣的性子、這樣的容貌，只怕早被人欺負得連碴都不剩了。」

袁香兒每摸一下，那尖尖的毛耳朵就緊張地顫一顫，很快從白茸毛裡透出了一股可疑的嫩粉色。

等待切肉的功夫，袁香兒一會兒摸摸腦袋，一會兒揉揉脖子，還把那充滿彈力的小肉墊翻開來磋磨。

南河緊繃著身體，忍耐著把利爪縮起來，沒有咬人也沒有逃跑。

不知是什麼緣故，自打從兩河鎮回來，南河突然溫順了許多，雖然還是不太能親近，但至少不像從前那樣齜牙咧嘴，充滿戒備。袁香兒伸手擼毛，它最多也只是逃跑，很少再伸爪子撓人，也不會突然回頭給你一口。

袁香兒因此心情大好，覺得自己肆意妄為地吸小狼的目標就快要達成了。

回去之時，袁香兒拐進一家雜貨鋪，取回一把自己訂做的圓柄小毛刷。

「這是用豬鬃做的，我特意挑了最好的軟毛，用來梳毛很舒服的，小南你試試。」她先在自己的手背上試了試，確定軟硬度正好，才順著南河的毛髮好好地梳了幾下。

這是專門用來梳動物毛髮的小梳子，以袁香兒多年的擼毛經驗，只要梳子合適，手法得當，沒有哪隻動物會不喜歡梳毛的時刻，那種略微粗獷又不失柔軟的毛梳，細細密密地刮過皮膚的感覺，都能讓最傲嬌的小貓繳械投降。

可惜南河沒有像她想像中那樣露出享受的表情。

「做這種東西幹什麼？」它的聲音有些悶。

「怎麼了？」袁香兒奇怪地問，「或許一開始會不太習慣，等以後多梳幾次，你肯定會很喜歡的。」

回到家的時候下起了小雨，雲娘正坐在屋簷下清理著松茸。

「哪來這麼新鮮的松茸？」袁香兒一路小跑進院子，把南河放在檐廊上。

「是妳的朋友送來的，說是之前得到過夫君和妳的幫助，因此特意送了一些謝禮過來，我本想留它，它也不進屋，才剛離開沒多久。」雲娘揭開蓋在提籃上的樹葉，青綠色的籃子裡面擺著滿滿的松茸，上面還沾著新鮮的泥巴。

「是阿臘？」袁香兒又驚又喜地追出院門，舉目向遠處張望。青山雨霧，野徑深處，在天狼山的山腳下有個持著竹傘的窈窕背影，漸漸消失在山腰的薄霧裡。

「它真是太客氣了，這麼新鮮，像是剛從山裡摘下來的一樣呢。」雲娘高興地說著。

南河湊過腦袋來看了看。

「這東西很好吃，燉肉湯可香了。」袁香兒撿起一根肥肥胖胖的松茸，在南河的鼻子上點了點，「南河，阿騰還記得回來看我們。」

南河動了動鼻頭，想像不出這樣的「蘑菇」有什麼好吃的。

袁香兒洗了個舒舒服服的熱水澡，一邊擦著頭髮一邊從屋裡出來。

屋外的雨下得很大，雨珠嘩啦啦地從屋簷上滑落，形成一道亮晶晶的雨簾。

冬天的雨很冷，院子裡積著來不及排泄的雨水，一群黃色的小雞仔想跟著媽媽跳到檐廊上避雨，卻因為腿短而上不去，一個個撲騰著小翅膀乾著急。

南河站在雨中，正飛速地把毛茸茸的小雞叼著甩上去，上去了的小雞在地面上滾一滾，很快擠到雞媽媽身邊，沒上去的都嘰嘰喳喳地湊到南河旁邊，這些剛出生沒多久的小傢伙，如果泡一場冬雨，只怕活不過今天晚上。

袁香兒跑過去把小雞們往上扒拉，最後把溼漉漉的南河抓上來。

她將自己脖子上的毛巾摘下，罩在南河的頭頂上，迅速把它擦成一個亂糟糟的毛團子。

「小南身上的傷口都好了嗎？」袁香兒把溼掉的毛團子帶回屋裡，「泡到水沒事吧？給我看一下。」

自從南河恢復了行動能力，就不再同意袁香兒把它翻過來處理肚皮上的傷口，讓袁香兒覺得十分遺憾。

果然那團白色的小球一聽見這句話，就迅速壓低身體戒備起來。

「已經好了。」它只蹦出四個字，又冷又硬。

袁香兒卻無端從中聽出了一種窘迫無措。

「那我給你洗個熱水澡吧？你看你都淋溼了。」袁香兒說。

小狼竄起身體就要向外跑，被袁香兒眼疾手快地捏住後頸，「別跑，別跑，開玩笑的，只是給你擦擦，我保證不亂動。」

她打來一盆熱呼呼的水，先用溼毛巾給小狼洗洗臉，擦擦耳朵，再把它沾了泥水的白色小爪子抬起來，放進熱水中。

趁它慢慢放鬆警惕的時候，袁香兒提起它的脖頸，「嘩啦」一聲把整隻小狼放進了那個小木盆裡。

「行啦，行啦，這樣才洗得乾淨。天氣這麼冷，你又沾了一身泥，好好泡一下熱水多好。」袁香兒笑嘻嘻的。

被哄騙的小狼委屈地蹲在熱水盆裡，緊張地併攏四肢，不高興地僵著尾巴。

袁香兒拿一個木勺舀起熱水，一點點地從它脖頸上往下澆，搓著它溼透的毛髮，規規矩矩地把渾身僵硬的小狼洗乾淨，它這次倒是沒有刻意搗亂。

洗淨又擦乾了的小狼，銀色的毛髮纖細柔軟，散發出一種月華般漂亮的色澤。

屋外嘩啦啦地下著冬雨，袁香兒在暖烘烘的屋裡用新買的毛梳給南河梳毛。

時光彷彿被這樣的溫度燙得柔和，整個緩慢了起來。

「我已經痊癒了。」南河突然這樣說。

袁香兒沉迷在一片銀白的美色中無法自拔，沒有留心到它的言外之意，隨後回了句，「嗯，我知道，所以才敢給你洗澡啊，原來小南的毛髮在洗乾淨後這麼漂亮啊。」

南河低下頭去，不再說話。

雨下了一整夜，袁香兒裹在棉被裡睡得很香。

床邊有一張四方小櫃，上面墊著個軟墊，南河在剛來的時候傷得很重，袁香兒不放心，把它的窩擺在自己的床邊，後來彼此都習慣了，就一直沒有移動。

南河蜷在那個軟墊上，聽著屋外的雨聲。它的體內有一股躁動，一下一下地抽動著它的血脈，提醒它離骸期即將到來。

作為一隻天狼，血脈的力量告訴它，在離骸期到來之前，它必須回到天狼山，在戰鬥中用大量的靈氣一次次地淬鍊自己的身體，用獵取的妖丹輔助，才能平安渡過艱險又痛苦的離骸期。

不能再放任自己躺在這樣柔軟舒服的地方消磨時光。

離骸期是天狼族的必經過程，會使幼狼蛻變為強大的成狼，隨著身體和靈脈一系列的轉變和脫胎換骨，天狼會進入極為不穩定且痛苦的階段，這時期的幼狼本該待在族群中，由家人守護。

可如今世間只剩下它一隻天狼，它已經沒有同伴和家人，必須自己為自己捕獲更充足的能量，準備好隱密又安全的巢穴，獨自度過天狼族最為關鍵且凶險的時期。

該走了，離開這裡，離開這個人類，不用和她告別，就在這個雨夜裡悄悄地走。

窗外雨聲伶仃冷徹，微微的天光透過窗戶照在人類女孩的臉上，她的肌膚光潔，嘴角微翹，似乎夢到了令她開心的事情。

這張面孔，讓南河突然想起在天狼山上見過的一種花，那種花總是朝著太陽，開得灼熱又歡快，整片山坡都披上了一層金燦燦的色彩。

每當那花開的時候，即便它只是從昏暗的叢林中，望了那耀眼的金黃一眼，都能讓它的心情愉悅起來。

南河突然覺得心酸。已經有一百年，或者兩百年，它總是獨行在幽暗的叢林間，披星戴月，荒山野徑，永遠只有自己孤單的身影。

雖然出現了一個對自己很好的生靈，但南河覺得自己可能永遠都無法討她的歡心。

它既不能讓袁香兒隨意搓揉自己的耳朵和尾巴，也無法像那隻不知羞恥的黑犬一般，不顧臉面地翻出肚皮給她撫摸，當然也不可能像她期待的那樣，做她的使徒。

甚至還在接受了她這麼多的照顧後不告而別。

想必她會十分失望又生氣。

但總比她醒來之後，因為不同意自己離開，而和自己打上一架來得好一些。

南河不願意面臨和袁香兒決裂的局面。

它沮喪地想著，等自己離開之後，她可能會去找她時常掛在嘴邊的兔子精，或是其他毛髮更漂亮的動物來契為使徒。

她會耐心地對待乖巧柔順的兔子，摸它的耳朵和脖頸，給它煮香噴噴的食物，用做給自己的毛梳給它梳毛，然後想著「果然還是兔子比較聽話」，最後把自己忘了。

它一再地告訴自己該走了，但腳像是被黏住一般，怎麼也動不了。

窗外的雨漸漸停了，月華透過窗戶灑在屋子的地面上，斗轉星移，玉兔西沉，旭日東昇。

又換朝陽透過紙窗，照在了袁香兒的臉頰上。

袁香兒醒過來後，揉了揉眼睛，看見一隻十分漂亮的大型狼犬停在屋子的地面上。雖然看起來還沒有完全成年，但身軀的線條流暢漂亮，四肢緊實有力，銀白的毛髮暗華流轉，一雙琥珀色的眼睛一眨不眨地盯著自己。

「南……南河，小南？」

「我要走了。」那隻狼發出了和小南河一模一樣的聲音。

「走、去哪裡？」袁香兒還處在剛睡醒的混沌狀態。

銀白的天狼閉上嘴，眼眸垂了下去。

「不是，小南你……」袁香兒從床上下來，蹲在南河面前，猶豫了一下，說出了一直埋藏在心中的想法，「我一直想和你說，你能不能留在我身邊，做我的使徒？」

天狼默默地退後了兩步，輕輕別過頭。

它的步伐敏捷，肌肉的流線在行動中帶動起來，有一種野性的美，是一隻在叢林中縱橫馳騁的強大精靈。

袁香兒心裡極為不捨，但她其實也知道不應該因為自己的喜好，束縛他人的自由。

何況對方還是一位和自己一樣，有著智慧和情商的強大生靈，是她心中早已認可的朋友。

袁香兒抬起手，摸了摸南河變高的腦袋，好在那裡的毛髮還是一樣的柔軟。

「行吧，那我送你一程。」

袁香兒的家在闕丘鎮的最南面，再往南便是連綿不絕的天狼山。

順著泥濘的羊腸小徑，袁香兒慢慢往山裡走去，一隻罕見的銀狼一直默默地跟在她的身側。

走到森林的路口後，袁香兒停下了腳步。

再往裡去是更為幽深的原始森林，也是妖精時常出沒的地界。

袁香兒噘起嘴，伸手摸了摸那對軟綿綿的毛耳朵，心裡酸溜溜地想著：這是最後一次了，以後這一身的好皮毛也不知道便宜了誰。

她依依不捨地鬆開手，「回去吧，給你自由了。」

直到聽見這句話，南河才確定袁香兒是真的願意讓它離開。

當初，自己傷重難支，袁香兒就是從這個路口把自己背出靈界，帶進了人類世界。

那時候的自己靈力枯竭，雙腿折斷，被裝在竹簍裡幾乎滿心絕望。

它覺得這個人類一定會趁自己最虛弱的時候，強制自己簽上奴隸契約，從此將自己當作奴僕肆意驅使。

但那種屈辱和痛苦一直沒有到來，它被悉心照顧，恢復了傷勢，卻又被送回到這裡。

這時候的南河甚至覺得，如果袁香兒此時施展法術，強制它結契，自己也許會不忍心反抗。

但什麼都沒有發生，那個人只是輕輕鬆鬆地對它說「回去吧」。

銀色的天狼鑽進叢林，最後回頭看了一眼。

那人站在山路上拚命朝自己揮手，「小心些，別再受傷了，如果有事，再回來找我。」

她的身後是色彩斑斕的人類世界。

那是一個由溫柔和卑劣，善良和殘忍交織出來的世界。

喧嘩，熱鬧，有一個溫暖的墊子。

南河轉過頭，銀色的身影消失在森林中。

第三咒〈烏圓與錦羽〉

第八章　結契

院子裡。

袁香兒站在檐廊邊上劈柴，她雙腳站定，掄起利斧，乾淨俐落地將一截木材劈成兩半。

平日裡蹲在檐廊的地板上看她劈柴的毛茸茸不見後，竟然使得整個院子空落了許多。

她嘆了口氣，認命地繼續劈柴，讓自己多幹點事，才不容易多想。

「怎麼一口氣劈了這麼多柴？看妳這滿頭的汗。」路過的雲娘喊住她，掏出懷中的絲帕給她擦汗。

「今天沒下雨，多劈一些，曬乾後好收進柴房裡。」

袁香兒把小臉伸過去，讓師娘幫自己把滿臉的汗給擦了。

師娘的帕子是天青色的，角落繡著一副魚戲蓮葉圖，一條深藍色的小魚遊戲花間，十分靈動。

「香兒，小南去哪裡了？我做了醬大骨，正想叫它來嘗嘗，到處都找不見它。」

雲娘問。

袁香兒頓了頓，撿起一截木柴擺在柴墩上，「跑了，回山裡去了。」

斧子「啪嗒」將柴劈成兩半，她又撿起一根擺上去。

「哎呀，這就跑了嗎？我還以為它會一直留在我們家呢。」雲娘站在邊上看了一會兒，想起小姑娘進進出出都帶著那隻小狗子，知道她心裡捨不得，「香兒，妳要是喜歡白色的狗子，師娘再去集市上給妳買一隻好了，正好和家裡的小黑湊成一對。」

小黑聽見有人提到牠的名字，撒著腿跑過來，歡快地搖著尾巴。小黑這幾天很開心，自從那隻狼崽子不見後，院子又成了牠的天下。

「不用的，謝謝師娘。」袁香兒勉強地對師娘笑了笑。

渾身銀白，沒有一絲雜色，毛髮又濃又密，摸在手裡柔順冰涼，能去哪裡買到這樣好吸的狗子？

當初放手放得有多爽快，如今心裡就有多委屈。

「要是捨不得的話，妳就多去山裡找一找，沒準還能找回來。」雲娘找了個木樁在她身邊坐下，「師娘小的時候，也養過一隻小魚。牠擱淺在海灘上，被我發現了，帶回家養在院子中的水缸裡。」

「我很喜歡牠，每天進學之前，都要先趴在水缸邊上和牠說一會兒話，那小魚特別有靈氣，每次我去看牠，牠就會頂開水面上的浮萍，露出圓溜溜的小腦袋。有時我會趁牠不注意，偷偷親一下牠的腦袋，把牠嚇得溜回水底去，甩我一臉子的水。」

雲娘白皙的手指支著下顎，回憶起自己的童年往事，歲月似乎特別眷顧她，幾乎看不出任何蒼老的痕跡留在她臉上。

袁香兒放下斧子，揉著手臂聽著。

「可是有一天牠突然不見了，院子就那麼小，我找了許多地方，問了家裡所有的下人，都沒人知道牠的去向。」雲娘把視線投向天邊，青山之外有縹緲雲霞。

「後來呢？就找不到了嗎？」袁香兒忍不住問道。

「當然沒有，我怎麼可能讓牠就這樣跑了。」雲娘笑了，「師娘我那時候還年輕，脾氣很大，直接去海邊找。我去牠當初擱淺的地方，天天對大海數落牠忘恩負義，不告而別，毫無禮數，無情無義。終於有一天，海面上又出現了那個圓圓的小腦袋，灰溜溜地看著我。」

「於是我哈哈大笑地把牠裝在盆子裡，抱回家去了。」雲娘站起身，撚著帕子搓了搓袁香兒的腦袋，轉身進屋去了。

「還能這樣的嗎？」袁香兒聽了故事後，心情好了一些。那隻小魚顯然不止是隻普通的魚，或許是因為喜歡雲娘，最後又回到她的身邊。

雲娘還只是個普通人呢。

自己應該也有機會遇到，心甘情願留在自己身邊的使徒吧？

不用喊打喊殺地把它們強制軟禁在身旁。

袁香兒拾起散落一地的木柴，整齊地交錯疊在空地上，當她正彎腰撿著木柴的時候，突然看見一雙小小的鞋子停在面前。

袁香兒抬起頭，看見一隻穿著衣服的長脖子雞正趴在劈柴的墩子上。小小的身體，穿著一件小小的長袍，腳下是一雙小巧的登雲靴，一條長長的雞脖子從衣領的上方伸出，正死乞白賴地貼到木樁上等著砍頭。

這不是小時候經常出現在家裡的那隻砍頭雞嗎？

「怎麼會是你？」袁香兒又驚又喜，把那隻雞從墩子上抱起來，惹得它發出一連串「咕咕咕」的叫聲。

袁香兒裝了一碟炒香的松子，擺在那隻遠道而來的小妖精面前，又給它端了一杯茶水。

長脖子雞端端正正地坐在樹墩前，從袖子裡伸出人類模樣的小手，端起茶杯喝水，啄著碟子裡的松子。

「謝……咕咕咕。」

這還是袁香兒第一次聽見它說話。

「你怎麼會來這裡？」袁香兒笑咪咪地問。

「它……它們都說……在這裡。」

這是一隻靈智尚未完全開化的妖精，它還不擅長順暢地用人類的語言表達自己的意思，卻走了這麼遠的路來尋找自己玩耍。

袁香兒到了闕丘鎮這麼久，連自己的家人都不曾來看望過她，這還是第一次見到老家裡的生靈呢。

「那你就住在我這裡，做我的使徒好不好？」她帶著期待問道。

那隻正捧著熱呼呼的茶杯的雞呆住了，眼珠子朝不同的方向來回轉了轉，突然「咻」地一聲消失不見，茶杯從空中掉落下來，在草地上滾了一滾。

袁香兒看著掉落在地上的茶杯，不甘心地撿起來，重新倒了一杯水，等水面靜下後，那隻小雞還是沒有回來。

袁香兒透過水面看著自己的倒影，是因為自己沒有師娘那樣的美貌，所以小狼和小雞都不願意留下嗎？

她後來用餘光看到，那隻砍頭雞又悄悄摸回樹墩邊上，伸出兩隻小手將碟子裡的松子扒拉進自己懷裡，然後捂著衣服溜走了。

冬季的田野是黑褐色的，看不見一丁點綠。

袁香兒蹲在田埂邊上，用一根胡蘿蔔勾搭草叢中的一隻野兔，「喂，你願意做我的使徒嗎？」她搖晃著那根橙紅色的蘿蔔。

不出意外，那隻野兔驚慌失措地蹬著後腿逃走了。

那只是一隻普通的野兔而已。

「連普通的兔子都誘惑不了，這根蘿蔔肯定不好。」

袁香兒拍拍屁股站起來，啃了一口胡蘿蔔，明明挺脆的啊。

「我以為只有兔子會吃蘿蔔，原來人類也會吃嗎？」一個聲音從頭頂的樹梢響起。

一位少年輕巧地坐在樹上，錦繡羅衫擁輕裘，腳蹬金縷靴，一頭黑褐色的長髮用紅繩細細編織，束在頭頂，垂落下一根油亮的髮辮，像是富貴人家中被照顧得非常精緻的少爺。但它的頭上卻頂著一對棕褐色的貓耳朵，和袁香兒說話的語氣十分嫻熟。

「你是？」袁香兒不記得自己認識過這樣的小少爺。

那位少年按了一下樹枝，靈巧地從數米高的枝頭上翻身下來，在落地的時候化為一隻小小的山貓。

「剛剛才見過面，妳居然這麼快就把我忘了？人類的記性都這麼差嗎？」那隻小貓開口指責。

袁香兒終於想起來，七年前，自己「剛剛」見過這隻小山貓，還差點死在它父親的利爪下，幸好師傅及時趕到，施展雙魚陣救下自己。

「原來是你啊，怎麼過了這麼多年都沒長大啊？還是小小的一隻。」

「胡說，我今年三百歲，比妳大多了，什麼叫『小小的一隻』？」

「你這樣就三百歲了？」袁香兒稀罕地在小貓的面前蹲下身，雙手搭在膝蓋上，歪著頭看它。

明明乳毛都還沒有褪乾淨，這樣小小的一隻，居然已經三百歲了，妖精的世界還真是神奇。

小奶貓衝她叫了兩聲，表示抗議。

奶聲奶氣，怪可愛的。

「你叫什麼名字呀？怎麼又到這裡來玩了，小心別再被陷阱抓住了。」袁香兒問它。

「我叫烏圓，上次只是個意外。」

袁香兒在心裡噗哧一笑，烏圓，這麼圓滾滾的名字確定不是小名嗎？

「我聽見了，妳在找使徒。如果妳願意……咳……我可以勉強當妳的使徒。」小貓挺直了胸膛，表示自己已經很成熟，可堪大任。

袁香兒想要使徒許久，一直沒能成功，這會兒突然有一塊餡餅直接從天而降砸到腦袋上，讓她有些不敢置信。

雖然對方只是一隻連獵人的陷阱都無法自己掙脫的小奶貓，但畢竟是第一個願意成為自己使徒的小妖精，不免令袁香兒又驚又喜。

「你？你是說，願意做我的使徒？」

她向那隻小貓伸出手掌，烏圓遲疑了一下，伸出小腳踩上她的掌心。

袁香兒把那隻小貓捧在眼前，讓它和自己的視線平行。

「烏圓，你確定你知道『使徒』是什麼意思嗎？」

「我知道啊，父親說過，就是有些妖族無聊的時候，陪人類玩幾十年的小遊戲。」

「……」

只是玩幾十年的小遊戲嗎？

袁香兒托著小貓走在回家的路上。

「父親說人類既凶惡又狡猾，十分恐怖，一直不讓我到人間來玩耍。其實我覺得還好，看多了也沒有那麼可怕。」這隻從家裡溜出來的小山貓三句不離父親。

「你父親知道你又溜出來了嗎？它同意你來人間界了？」

「父親當然不知道，它在睡覺，否則我也溜不出來。」

袁香兒開始擔心如果自己契了這位使徒，可能隨時會有一位憤怒的父親撲到家裡。她深刻地記得七年前那位一言不發，就撲出來想將自己吞進肚子裡的大妖。

「不過沒事的，父親大人平時不睡覺，一睡就要睡上一甲子，等它醒來的時候，我早就回去了，不會被發現的。」

烏圓急忙打消了她的顧慮。它喜歡來人間玩耍，又有點害怕，想在一個能讓自己信賴的人身邊落腳。

「哈哈，這樣啊，你還是先跟我回家看看吧。」

一人一貓邊聊邊回到了家。

雲娘恰巧回來，正站在院門外，低頭看著門前。

「香兒，香兒，妳快來，看看這是什麼？」

一張樹葉鋪在院門前的地面上，上頭放著一對黑漆漆的毛爪子，以及一堆亂七八糟的蘑菇。

「這個是？是熊掌呀。」雲娘吃驚地掩著嘴，「倒是矜貴的東西，這到底是誰送來的？也不說一聲。」

熊掌帶著血，十分新鮮，蘑菇卻不是每一種都能吃。袁香兒在附近轉了一圈，沒有發現什麼特別的痕跡。

「有狼的味道。」烏圓跳上她的肩頭，小聲告訴她。

袁香兒撥開那一處草叢，發現一個沾著血的爪印。她抬頭向爪印所朝著的方向望去，那裡只有巍巍青山，羊腸小徑，山腰間雲霧繚繞，並沒有看見那道熟悉的白色身影。

「哪來的小貓啊？」雲娘和袁香兒並肩走進院子，邊走邊逗著停在她肩上的烏圓，「小貓，要喝牛乳嗎？一會兒給你新鮮的牛乳。」

烏圓喵喵叫了幾聲，表示很喜歡。

「它的名字叫烏圓。」袁香兒伸手摸了摸小貓的後背。

「真是個可愛的小東西。」雲娘也伸手過去摸摸，小貓還算乖巧，並不怎麼怕生，「中午煮小魚乾悶豆腐給你吃，慶祝烏圓來到我們家。」

午飯過後，吃得圓滾滾的小山貓摸著肚子，癱在袁香兒房間的炕桌上，「人類不只親切，做的食物也很好吃，並不像父親說的那樣凶狠殘酷。」

袁香兒用一根狗尾草逗它，看它伸出小毛爪子四處撲騰，覺得十分好玩。

「你見過幾個人類了？就覺得人類很親切？」

「見過妳呀，妳把我從夾子裡放出來，所以是好人。剛剛那位娘子，會煮好吃的小魚乾，肯定也是好人。之前有個小胖子拿石頭砸我，被我撓花了臉，就哭著跑走了，所以人類不是好人就是哭包，沒什麼好怕的。」

烏圓忙著撲草，一不小心說了實話。

袁香兒哈哈大笑，原來這隻小貓從山裡出來後，只接觸過自己和雲娘兩、三個人類，難怪它不怎麼害怕人。

「這是什麼？」烏圓從炕上竄到炕頭邊的案桌上，那裡擺著一個軟軟的墊子，「看起來好像很軟，我睡這裡嗎？」

「抱歉，這是別人的，不能給你睡。」袁香兒把那個墊子拿起後，輕輕摸了一下，「我另外給你做一個新的。」

「好吧。」烏圓有些嫌棄地看著別的妖精睡過的墊子，「要比這個還軟，我還要一個磨爪子的架子。」

「行啊，給你蓋個貓別墅，有劍麻柱、貓爬架、鞦韆吊子，再加上四、五個貓洞，茅廁單獨設置，床鋪保證柔軟舒適。」袁香兒一口承諾，對於搭貓窩她很拿手，「只要你願意做我的使徒，有什麼要求就儘管提。」

袁香兒覺得自己有點像是誘拐小朋友的怪阿姨。

不過古代的地價便宜，自己住的地方有天、有地、有庭院，手頭寬裕，覺得滿足小妖精的需求也沒什麼問題，畢竟人家願意和自己簽訂長達幾十年的勞動合約。

「我還可以給你做各種玩具，保證三餐吃好的，經常帶你出門溜達，如何？」

她又加了一串福利。小貓從案桌上跳下來，圓溜溜的眼裡都有光了。

晌午過後，天空中丹雲密布，朔風漸起，飄飄蕩蕩地下起了雪花。

袁香兒跑進院子裡，把小雞仔和母雞都趕進雞窩，又匆忙地從柴房裡抱出新曬的稻草，將院子裡的雞窩和鵝棚都厚厚實實地墊暖和。

梧桐樹下，一個新搭的高腳小木屋，明明看起來空無一物，裡面卻傳來小小的聲響。

袁香兒冒著雪跑過去，把一條厚厚的小毛毯擺在小屋門口。

過了片刻，只見門內伸出一雙小小的手，青色的衣袖一閃而過，把那條毛毯拉進去了。

「來了來了，抱歉，讓你久等。」袁香兒跑回檐廊，拍掉肩頭上的落雪，對蹲在屋簷下看雪的小山貓道歉。

開闊的木地板上，一個小小的圓陣已經繪製好了，陣法按八卦方位各點著一盞明燈，在乾、震、坎、艮四個方位下壓著袁香兒繪製的鎮妖通靈、結契法咒等符籙，坤、巽、離、兌四個方位下封著紅袋，裡面裝著一些烏圓身上的毛髮、指甲等物。

「你真的願意做我的使徒嗎？」袁香兒搓搓手，呵出一口白氣，第一次簽訂妖獸契約，讓她有點緊張。

成功結契之後，她能和使徒心意相通，不管在多遠的地方，只要她召喚，使徒都可以感受得到，不論誰發生危險，對方都能夠知曉，配合起來異常方便，所以她一直期待能擁有一個自己的使徒。但她畢竟沒有實際操作過，也沒有旁觀過他人結契的過程，對這個僅限於描繪在書本上的神奇法術十分沒底，特別是結契的對象，還是一隻柔弱幼小的山貓。

烏圓後肢端坐，前肢併攏，坐得端正，抬高了下巴，露出脖子底下細細的茸毛，似乎想努力表現出穩重的模樣，只是因為體型太過嬌小，反而顯得呆萌可愛。

「在我施咒的過程中，即使有一點不舒服，你也要忍耐，不能亂動或者生出反抗的心思。若是你抗拒，一個不慎，就會使你重傷，也會反噬給我，一定要注意。」袁香兒再三交代，「如果你後悔了，結契後過一段時間，咱們還可以解開契約，什麼都好說，只要你不衝動就好。」

烏圓連連點頭，「妳放心，我都記著。父親都說我是個特別聽話的孩子。」

要是特別聽話的話，你能一再溜到人間界來玩嗎？袁香兒聽見它後面那句後更不放心了。

她再次檢查了陣法，確認各種應急措施都擺放在自己手邊，院門也鎖好了，也向師娘交代過，要她暫時別靠近，在四周設下結界，普通人完全進不來。

袁香兒深吸了口氣，雙手各結一指訣，屏氣凝神，眉目低垂，開始念誦法咒。

庭院裡白雪飄飄，祥瑞紛降，陣法靈光流轉，燈火灼目。

朗朗念誦之聲盤桓而上，銀裝素裹的乾坤世界內，隱隱現出一個靈力運轉的旋渦。

天狼山深處，一棵存活了不知幾千年的參天古樹，交錯虬結的粗大樹幹直入雲霄，在樹幹中部有一個隱蔽的樹洞。

一隻毛髮銀白的天狼叼著一隻死去多時的棕熊，將它龐大的身軀拖進洞口處。

這是一隻修煉多年的妖獸，靈力強大，凶猛異常，和它戰鬥幾乎耗盡了南河所有的力氣，但它的妖丹能給南河帶來大量的靈力。

不知道為什麼，南河總是隱隱急切，想要快點讓自己強大起來，想渡過這個漫長的離骸期。

它把那隻棕熊妖的屍體丟進洞口，再小心地清理掉一路的痕跡和氣味。做完這一切，南河趴在洞口，累得一步都不想走了。

洞口外下起了雪。

這裡真冷啊，還很安靜，不再有熱呼呼的食物，也沒有吵人的小雞。

南河抬起頭，看著不斷飄落的雪花。它舔了舔自己受傷的傷口，傷口很疼，不過已經沒有人會在乎了。

那些雪花掉落在樹葉上，發出細細的聲響，好像自己離開的那個夜晚，在溫暖的墊子裡聽見屋外的那種雨聲。

那個人不知道在幹什麼，是不是已經找到她喜歡的使徒，把床頭那個柔軟的墊子讓給了別人。

第九章　眷念

皚皚冬雪，凜凜寒氣。一隊旅人在古道之上行色匆匆，打著馬急行。佇列中一位身著水合服，腰束絲條的年輕術士停下腳步，轉過臉向著不遠處的闕丘鎮方向看去。

「真人，怎麼了？」身邊的隨從趕上來問道。

「有人在使契約之術，」那人開口，「真是難得，如今在人世間還能看見這樣的結契陣法，看來人間依舊臥虎藏龍，非我輩所盡知啊。」

京都繁華盛景之地，洞玄教所在之神樂宮氣派恢宏，鑲金飾彩。

漫天飄灑的祥瑞，將此地妝點成一派銀世界，玉乾坤，期間隱有仙樂傳來，令過往信眾不禁生出頂禮膜拜之心。

宮宇深處，一男子身披山水袖帔，頭戴法冠，靜坐觀想。他的面上束著一條印有密宗符文的青緞，遮蔽了眉目。

室內一派寂靜，在他身側的弟子焚香捧茶，無不輕手輕腳，生怕弄出一點不該有的雜音，攪擾了師尊的修行。

那男子突然抬起頭，不能視物的面孔朝向白雪紛飛的窗外，開口說道，「咦，西南方有人在使結契之術。」

「師尊，結契之術，觀中多有師兄能行，如何驚動了師尊？」

「你卻是不知。」那人紅唇淺笑，從袖中伸出手，微微抬手示意，便有兩位弟子匆匆捧來一個白玉圓盤，托舉在他的面前，只見那白玉盤中自生煙霧，雲山霧罩，似另有一乾坤小世界。

那位法師伸出手掌，掐了一個法訣，在那白玉盤上一拂，那些煙霧輕輕散開，現出漫天星斗，星斗之下，隱約有著細小的山川河流，村野人家。在那群山腳下，細細的雪花形成一個小小的漩渦，正在緩緩流轉。

幾位弟子伸頭圍在師尊的法器周圍看了半天，不得所以，「弟子愚鈍，這怎麼看都是普通的結契之術，法力似乎也未見精純。」徒弟們小心翼翼地說話。

「結契之術，乃禦妖魔為使徒。妖魔本性凶殘，多疑善變，桀驁難馴，想將它們契為僕從，必先施大神通將其折服，因而結契的過程多半血腥，怨氣沖天。」那位法師面朝玉盤，彷彿隔著厚實的青緞也能看見其中景象。

「如此祥瑞平和的結契陣法，為師也是多年不曾見過了，倒有幾分當年那位自然先生的風采。」

雪後初晴，袁香兒坐在庭院裡紮貓爬架。

外面的木工也只能給她做個框架，細節還得自己來。

因為要幹活，她穿了一身皂色的衣服，頭髮被隨便抓成椎髻，把袖子捲到胳膊肘處，露出一截白皙的手臂，套著一雙麻布手套，正踩著一根木棍，一圈圈往上捆綁麻繩。

「烏圓，來，試一試。」

一隻小奶貓「咻」一聲竄過來，四肢並用地抓撓著捆好麻繩的柱子。

這種劍麻繩的軟硬度剛剛好，還耐磨，手感獨特，讓小貓禁不住想使勁多抓幾把，比家裡那些硬邦邦還不好抓的大樹舒服多了。

怎麼這麼舒服，小貓崽抓得高興了，抱著整根柱子滾落到地上撒歡。

袁香兒把那根捆好麻繩的棍子提起來，將捨不得下來的小貓扒拉到一旁。

「還沒安裝好呢，你先玩這個。」她從口袋裡掏出一個帶著鈴鐺的藤球，丟了出去。鈴聲響了一路，烏圓一下子就追了出去，用前爪去撥動那個碰一碰就會響的玩具。

趴在梧桐樹下的大黑狗，心有不甘地叫了兩聲，牠想不明白，明明自己是這個院子裡最強壯的生物，為什麼主人當初帶回來的一隻小狼會令牠感到害怕，如今帶這樣小的奶貓，也讓牠本能地覺得自己應該避開。

袁香兒看著那隻圍著藤球左右撲騰的小傢伙，突然想起曾經和自己玩過球南河，當時它抬起雪白的前爪，輕輕踩住自己丟過去的藤球，不屑一顧地別過臉去，露出一臉嫌棄的表情。

難道是越傲嬌越勾人嗎？明明已經有貓了，自己卻對那隻白色的小團子念念不忘。無情無義的傢伙，也不知道回來看我一眼。袁香兒忿忿不平地給一塊木板繃上獸皮。

冬季的時光清閒，白日無聊，她可以細細地給烏圓搭一個暖和的貓別墅，每一根柱子都緊緊纏上麻繩，每一塊行走的木板都包上柔軟的皮毛，讓這個剛離開家鄉的小東西住得暖和一點。

明天把南河的墊子拿出來，加點羽絨再曬一曬，萬一它回來了也有地方睡。順便給它做一個彩色的玩具球吧，把幾根羽毛掛在裡面，它可能就會喜歡了。

袁香兒一邊搭著貓窩，一邊三心二意地想著那隻傲嬌又不太親切的小狼。

藤球叮叮噹噹滾到梧桐樹邊，一雙小手從樹後伸出來，想要撿那顆球。

烏圓一下衝了過去，叼起屬於它的球，衝著躲在樹幹後的雞發出示威的低吼聲。

「別這樣，烏圓，和夥伴一起玩玩具才更有意思哦。」

袁香兒把一塊抛光好的木板搬到樹下，用鏟子在土地上挖了一個坑，將一個支架埋進去，然後把木板的中心點固定在支架上。

「來，這個翹翹板需要兩個人玩，你們試試看。」

袁香兒退後了幾步，烏圓一下子就蹲在了木板的一端，占據了屬於它的位子。

過了片刻，穿著青色衣服的長脖子雞才小心翼翼地從樹後探出身子，它雙手兜在袖子裡，慢慢挪動到木板的一端，兩隻眼睛轉了轉，突然揮動袖子跳起來，「吧嗒」一下跳上木板。它比小貓要重上許多，直接把另一頭的小貓彈上天。

烏圓嚇了一跳，在半空中翻了身，變成一位髮辮上編著紅繩，長馬尾在空中飛揚的小小少年。那少年從空中落下，狠狠蹲上木板的一端，同樣將對面的長脖子雞彈上天空。

看著那隻雞「咕咕咕」地在空中撲騰著手臂，讓貓耳少年發出解氣的嘲笑聲。

「哈哈哈，看你那慫樣，還敢構陷小爺。」

「把身形藏起來，你還露著耳朵和尾巴呢，別嚇到我師娘了。」袁香兒讓兩隻搗蛋鬼自己去玩，專心搭別墅。

院門外響起了敲門聲，雲娘一路小跑著穿過院子出來應門，順道看了袁香兒忙活著的角落一眼。

一個空無一人的翹翹板正自顧自地，一上一下來回擺動著。

「什麼時候搭了這麼個玩具，還會自己動呢，真是有趣。」雲娘笑咪咪地說了一句。

袁香兒時常有一些古怪的行為，身邊也經常發生奇怪的現象，但雲娘似乎對此習以為常，從來都不過問也不干涉，隨意地讓袁香兒在這個家裡胡鬧折騰著長大。

「哎呀，是妳呀，快請進。香兒今天有在。」雲娘的聲音在門外響起。

袁香兒聽見這話，伸出腦袋看了一眼，又驚又喜地跳了起來，「阿滕，妳怎麼來了？」

院門外，眉目如畫的女子梳著整整齊齊的髮鬟，亭亭玉立地同雲娘說話。

「打擾您了，這是家裡種的。」她禮道周全地將手中的禮物遞給雲娘，規規矩矩地向袁香兒點頭示意。

「真是太客氣了，怎麼能每次都拿妳的東西。」雲娘伸手接過，是一籃尖尖的冬筍。

袁香兒將阿滕讓進自己的屋子，沏茶端點心招待它。

「阿滕，妳現在住在哪裡？怎麼有空來找我玩？」

「本來我安安靜靜地獨自住在山上，不想再回到人間這個傷心地。」阿滕一邊捧著茶杯喝茶，一邊優雅而不失速度地吃著點心，完全看不出它傷心的模樣。

「幾日前，我在山裡閒逛，偶然撿到了一個人類的幼崽。他看起來慘兮兮的，十分可憐，我就把他拎回巢穴去了。他好像病得有些厲害，所以我來找妳求一道祛病符。」

「人類的幼崽？不會是走丟的孩子吧？妳應該把他送回來才對。」

「可是他說他父母都死了，族裡的親戚為了搶占家產，將他折磨得不成人形，丟進深山裡。」阿朧一派純真地伸出一根手指撐著下巴，「我覺得他的模樣十分惹人憐愛，既然是沒人要的幼崽，就決定把他養在身邊當作寵物了。」

袁香兒捂住額頭，「妳怎麼能把人類當寵物呢？」

「為什麼不可以？」阿朧不太明白，「妳都可以養天狼的幼崽。」

「那怎麼能一樣？」袁香兒瞠目結舌，半天都給不出理由，她想了想開口道，「妳看看，人類的壽命那麼短，妳把他養在身邊，一會兒萌萌的孩子就變成了俊美的郎君，妳還來不及高興，他又滿臉皺紋，腐爛到泥土裡去了。妳花心血養了半天，得了這麼個結局，心裡不難受嗎？」

阿朧眨了眨眼，「說的也是，那我還是把他放回去吧。對了，妳的那隻小天狼呢？妳怎麼不養它，反而要這隻連毛都沒褪乾淨的小野貓做妳的使徒？」

它有些嫌棄地看著耳朵和尾巴都還收不回去，凶巴巴地坐在桌邊和它搶糕點的貓少年。

烏圓聽得這話，一拍桌子後起身，雙目立成金色的豎瞳，衝著阿朧露出尖利的牙齒。

袁香兒還來不及阻攔，端莊嫺靜的阿朧搖身一變，化為人面蛇身的妖魔，六隻眼睛齊睜，張著血盆大口，作勢向烏圓一口咬去。

烏圓「喵嗚」一聲，嚇得瞬間變回原形，竄到袁香兒身後瑟瑟發抖。

「行了，行了。別欺負它，它還是個孩子。」袁香兒一手攔住蛇妖，一手護住自己的小貓，她把那隻嚇到的小貓抱到屋外去了。

「真是的，妳看吧，一點用處都沒有。」阿朧變回原形，得意地摸摸髮鬢，整了整自己的衣物，「妳是不是被這隻貓妖的美色迷惑，見異思遷，所以才把小南氣走了？」

袁香兒啼笑皆非，「妳胡說什麼，小南是不願意做我的使徒，自己走的。」

「妳是不是傻啊？」阿朧拍了一下手，伸出青蔥般的玉指遙點她的腦袋，「妳怎麼連這點常識都沒有？天狼族，乃上古神獸，血脈高貴，一兩個都矜持得要死，怎麼可能會主動留下？那隻小天狼一直在妳身邊，磨磨唧唧不肯走，不就是想做妳的使徒，又不好意思說出口嗎？」

「這、這樣嗎？」袁香兒表示不太相信。

「妳聽我的，」阿朧捲起袖子出餿主意，「下次見到它，直接施展束魔陣把它捆在地上，然後強制和它結契，它肯定就半推半就地從了。」

袁香兒捧著肚子哈哈大笑。

袁香兒挽著雲娘的手臂，親親熱熱地走在回家的路上。

正巧遇到斜對門陳家的長子鐵牛。如今的鐵牛有了大名，單名「雄」字，現在縣衙裡做捕役。他下衙歸來，身穿嶄新的圓領衫，戴交腳襆頭，腰上束著青白捍腰，跨一柄雁翎刀，身高腿長，劍眉星目，已不再是當年在樹上摘果子的頑童了。

人高馬大的陳雄見了雲娘和袁香兒，反而有些侷促，只是見了禮，面皮就紅了。袁香兒站在雲娘身後，平淡地叉手行禮，既無扭捏，也沒有多餘的熱情。

袁香兒知道這個從小一起玩到大的男孩，對她的青春萌動之情，可惜她對別人沒感覺，也就不想留下不該有的誤會。

陳家大嬸正好推開門扉出來，瞥了自己沒用的兒子一眼，拉住雲娘站在路口說話。

「聽說過韓家的事情了嗎？」

「東街口永濟堂的那位大夫嗎？」

「可不是嗎。」陳家嬸子一拍大腿，「韓大夫那麼好的人，不知道犯了什麼忌諱，夫妻倆在年頭的時候接連走了，只留下一個八九歲的小公子。偏偏他家還有兩個黑心的族兄弟，明著收養，暗地裡變著法磋磨自己的親侄兒，一心想要斷送韓小公子的性命，好占了他家的鋪面和田產。」

陳雄在邊上插了一句：「娘親，此事不曾定案，倒不好這般說。」

「你懂個屁。」陳家嬸子一把推開兒子，擠在雲娘身邊，「妳說那個韓小公子，大家都是打小見著吧？小時候白白嫩嫩的，多水靈啊。在兩個叔叔家輪流住了半年，整個人瘦得，胳膊比桔梗還細，身上時常一塊青一塊紫的，說他叔叔嬸嬸沒虐待他，誰信啊。」

「這麼說來，那孩子真可憐。」雲娘嘆息了一句，「韓大夫在世之時，行善積德，不應如此才是。」

八卦是人類的天性，古往今來都一樣。陳嬸看見雲娘配合她，說得更起勁，「誰說不是呢，前幾日那壞了心腸的東西，在大雪天讓韓小公子進山砍柴，我在這院門口都瞧見了。那孩子從那天起就沒回來，如今兩家人還假惺惺地到衙門裡擊鼓報官，說孩子丟了要找孩子，害得我家大郎這幾日好一通辛苦尋找，按我說根本不用找，肯定就是被那兩個黑心肝的叔叔害死了。」

「阿娘。」身後傳來陳雄無奈的勸告聲，和陳家嬸嬸絮絮叨叨的埋怨聲。

袁香兒跟著雲娘向家裡走去，心裡卻想著阿膗之前說在山裡撿到人類的幼崽，會不會就是這位韓小公子呢？這麼說來，這個孩子留在妖精的世界裡，說不定比生活在人類的世界還要幸福。

「香兒快來看看，這又是誰送來的？」雲娘拉了袁香兒一把。

院子的門外擺放著一整隻新鮮的黃羊，那隻黃羊肥美異常，已經剝洗乾淨，整整齊齊地擺在幾片大闊葉上，邊上依舊堆了一些亂七八糟的小蘑菇。

袁香兒急忙在周邊搜尋了一圈，卻沒有發現任何痕跡。

「天氣這麼冷，正好整一頓好吃的羊肉火鍋。」雲娘和袁香兒一起把黃羊搬進屋裡，她看著袁香兒直笑，「從前妳師傅在家的時候，經常有人像這樣送禮物來，七八年不見的事情，如今倒是又有了。」

雲娘是一個普通人，她看不見隱匿身形的妖魔，也不懂任何術法，但袁香兒覺得她的心裡比誰都明白。也許師娘什麼都知道，只因為那不是屬於自己的世界，所以不願多說。

天色漸晚，雲霞漫天，濤聲陣陣的松林間，一棵高高的雲松頂部，站著一個孤單的身影，銀光流轉的長髮被高處凜冽的寒風撩動。它一手扶著樹幹，身軀隨著腳下的樹枝微微起伏，琉璃般的眼眸一動不動地注視著那亮起溫暖燈光的小院。

「來囉，香噴噴的羊肉湯。」院子裡傳來一道清脆好聽的女聲。

站在樹頂上的男人直起身子，眼眸亮了亮，它的視力極好，這個角度正好能看見那個四方天井中的一切。

那個女孩捲著袖子，雙手提著一桶熱呼呼的羊肉湯出來。她先到黑狗的屋子前，給那隻搖頭擺尾的大黑狗添了滿滿一盆的肉湯，又到樹下那個新建的高腳小木屋前，把一個冒著熱氣的漂亮搪瓷盆遞到門口。

一雙小小的手從門裡伸出。

「小心一點，這個可燙了。」女孩貼心地交代。

她一直都是如此貼心的人類，只是這份溫暖已經不再用於自己身上。

「你來了這麼久，我都還不知道你叫什麼名字。」女孩蹲在屋子前面說。

小小的屋內只傳出「咕咕咕」的聲音。

「如果不說的話，我就給你取一個名字啦。」

她當初也是像這樣哄著我說出名字的，樹頂上的南河露出了一點淺笑。

「你的羽毛很漂亮，不如就叫錦羽吧？叫你錦羽如何？」袁香兒取出一隻筆，沾著朱砂在木屋的門廊上方，端端正正地寫下了「錦羽」兩個字。

那隻長脖子雞從門洞裡鑽出，轉頭看了看那兩個字，輕輕地用嘴啄了啄那裡，發出一連串愉悅的叫聲，表示滿意。

這算什麼漂亮的羽毛？她大概沒見過好看的羽毛。山上有一隻鳥族大妖，獨爪三首，口吐烈焰，那一身金紅交織的翎羽才叫漂亮，等自己殺了那隻大妖，就把那羽毛送來好了，也讓她看看什麼叫「漂亮的翎羽」。

「阿香，我的呢？」一個身披輕裘的少年從梧桐樹上倒掛下來，它容姿豔麗，三分嬌憨，七分靈動，混著紅繩的髮辮直垂到袁香兒的耳邊。

「下來，回窩裡等，已經把好吃的都留給你了。」

那少年從樹上翻身下來，在半空中團成一隻巴掌大小的山貓，靈巧地停在了袁香兒的肩頭，「我要最嫩、最好的肉。」

它的額頭有著若隱若現的獨特符文，那是使徒的標誌。

南河看見那隻山貓的「窩」，包著獸皮的踏板，裹著麻繩的柱子，進出自如的洞穴，搖擺可愛的吊橋……

不知道費了多少心思。

這樣的幼貓，除了長得好看一點，還能有什麼作用？竟然費這麼多心思契它作為使徒。南河不自覺地握緊了袖子裡的手。

即使不刻意去看，院子裡歡快的笑鬧聲還是一絲不漏地傳到這裡。

或許是站得太高了，夜風吹來的時候，讓南河突然覺得有些冷。

小山貓對著熱呼呼的羊肉湯大快朵頤，而那個人蹲在那裡，一下下地摸著那隻山貓的耳朵。

一雙毛茸茸的耳朵從南河的頭髮裡冒出，在夜風裡抖了抖，一種清晰的觸感似乎又出現在耳朵上，那個人總是用她溫熱的指腹，肆無忌憚地揉搓自己最敏感的耳廓，甚至還把手指伸進耳洞裡，撩撥裡面的茸毛。

南河的耳朵低低地垂了下去。

袁香兒輕輕摸著烏圓的腦袋，天色暗了，山林中松濤陣陣，她心中突然一動，抬頭眺望不遠處的山坡，那裡有一棵獨秀於林的高高雪松。

在她抬頭的一瞬間，那雪松劇烈晃動起來，依稀有一道銀白的身影從上面一晃而過。

等她揉揉眼睛，松樹上已經空無一物，山中寂靜，除了幾隻突然驚起的飛鳥，什麼也看不見。

第十章　孤寂

袁香兒在梧桐樹下的石桌前練習繪製符籙，烏圓滾在邊上玩耍。

「你知道昨天的羊肉是誰送來的嗎？」袁香兒想起昨日的事情。

「不知道，我那時候大概在睡覺。是誰送的也不重要，反正很好吃，希望他多送一點。」烏圓正專注地追著自己的尾巴。

「我……我有看見。」高腳木屋裡發出結結巴巴的聲音，「是一個恐怖的存在，我嚇得……咯咯咯……一動也不敢動。」

「哦？你怎麼看見它的？是不是一隻狼？銀白色的毛髮？」

「我只看見了一雙腳，人形的腳……咕咕咕。」

錦羽雙手兜著袖子，突然出現在石桌的附近，它昂著脖子咕咕咕了幾聲，身影逐漸變淡，原地消失不見，青色的衣袖再次出現在小木屋的門內。

這是它的天賦能力，能夠隱密身形和短距離傳送。它在屋外感覺到了南河的氣息後，迅速地隱形並躲回了屋裡。

「錦羽，如果你下次又察覺到它的氣息，能不能悄悄提醒我一下？」袁香兒看著木屋的方向。

木屋裡傳來一陣咕咕的聲音，表示答應。

一旁的烏圓不小心踩到了朱砂碟子，在袁香兒畫了一半的符紙上留下了好幾個紅色的梅花印。

袁香兒捏著它的脖子將它提起來，看了看那張印著貓爪的廢符，順手祭到空中，那本該無效的符紙迎風自燃，在空中「砰」一聲，化為一小團火球。

「什麼情況？」袁香兒詫異道。

「大概是因為我們山貓族的天賦能力，」烏圓坐在桌上，嫌棄地看著自己染成紅色的小肉墊，「妖族都有一些與生俱來的能力，我的其中一種能力就是火焰。」

袁香兒抬起烏圓的前爪在符紙上試了幾次，發現在空白符紙上，印上朱砂貓爪的用處極其微小，但如果在她繪製的半成品符籙上印上貓爪後，會起到和靈火符相似的效果。

「還挺好玩的，省了一點力氣。」袁香兒玩鬧著印了一疊貓爪符後，拿溼布把烏圓的爪子擦乾淨，「你自己能施展火系法術嗎？」

「可以！」烏圓端坐在桌邊，抬頭挺胸，鼓足力氣張口「喵嗚」一聲，噴出一個和蘋果差不多大的火球。

它得意地翹起尾巴，「幸好成功了，怎麼樣，挺厲害的吧？」

袁香兒鼓掌。

其實烏圓自己也知道，這麼小的火球只能充其量來嚇嚇凡人，基本上對妖魔是不頂用的。

「我的靈力還不夠，如果再大一些，到了我父親那個年紀，噴出的火焰可以把整個院子都燒了，」烏圓以自己的父親為傲，動不動就要提及一次，「上次遇到你們的時候，那個男人的天賦能力是水，剛好克制我族，所以父親才不和它計較。」

「哪個男人？」袁香兒這才反應過來，烏圓說的是自己的師傅余瑤，「我師傅用的是術法，並不是天賦能力。」

師傅喜歡用水系術法，當年施展雙魚陣護住自己，並用四根水柱捆住貓妖，都是水系相關的術法。不過師傅是人類，只有妖魔才有與生俱來的天賦能力，人類的術法都是後天修煉出來的。

「不是，他是妖族，既會人類的術法，又有自己的天賦能力，所以才那麼強大。」烏圓用舌頭梳理自己溼漉漉的前爪，「我族最強的能力是瞳術，天生就能看透世間萬物的本源。我是不會看錯的，他就是一條大魚，很大，非常大的魚。」

袁香兒呆住了，她不太相信這個小屁孩的話。這麼多年，她對余瑤充滿崇敬和孺慕之情，儘管師傅確實有很多獨特之處，但她從來沒想過師傅和自己是不同的物種。

師傅是那樣的接近人類，穿著最平凡的衣物，用雙腳慢慢走路，流著汗水將自己背在肩頭。

他會劈柴挑水，會洗衣做飯，時常笑盈盈地蹲下身，用那雙寬和的手掌摸自己的腦袋，在袁香兒還小的時候，這個家裡的一切瑣事，都是師傅親力親為。往往她趴在這張桌上練字，師傅就會在她身邊拉著繩子晾衣服，在她背誦咒文的時候，師傅還會圍著圍裙，伸過腦袋來問她晚上想吃什麼。

他活得比一個真正的凡人還更像人類。

但仔細想想，如果拋開這些濾鏡，師傅確實有許多不同尋常之處。往日的點點滴滴像是走馬燈似地在眼前飄過，當初這個院子裡的眾多妖魔們，對待余瑤的態度和言行，是那樣融洽自然，彷彿余瑤才是它們的同類，而袁香兒不過是一個混在妖群中的人類小孩。那些和師傅接觸過的妖魔，在提及師傅的時候，似乎從來就沒有把師傅當作人類來談論。

袁香兒心驚不已，隱隱覺得烏圓的話可能更接近真實。

只是她從前矇著自己的雙眼，從未認真往這個方向思考。

她開始想念那位像是父親一樣疼愛自己，把自己引進修行的世界，卻又突然消失無蹤的師傅。不管余瑤是人類還是妖魔，她都想再見他一面，她有很多的疑問想要請師傅為自己解答，也想讓師傅看看自己這些年並沒有落下的功課。

她想知道師傅去了哪裡，遇到了什麼事，是否需要自己幫忙。

也許應該和曾經認識師傅的那些妖魔與人類多加接觸，才能更了解師傅的過往和所在。

畢竟自己已經長大，有了一點能力，也有了一兩個可愛的小使徒。

「對了，烏圓，你知道天狼族的天賦能力是什麼嗎？」

「天狼？這個世界上已經沒有天狼了。」烏圓瞪著圓溜溜的眼睛，「父親告訴我，這一片的天狼山山脈曾是天狼族的領地。聽說一百多年前，我還不太懂事的時候，天狼族在兩月相承之日舉族飛升了，所以我也不知道天狼族的天賦能力是什麼。」

這世間已經沒有天狼族了。

意思是，只剩下小南了嗎？

所以說，南河的天賦能力是什麼呢？袁香兒好奇地想著。

天狼山的深處，枯松倒掛，巨石崢嶸，冰雪覆蓋的山巔一片銀白。

在陡峭的石壁上、虯結的松枝之下，一個小小的身影，一動不動地伏在一塊微微突起的岩石上。它有一身銀白的毛髮，和周邊的雪色幾乎融為一體，令敵人的肉眼難以辨別。

不知道它在那裡潛伏了多久，冰雪在它的身上和頭頂堆積了厚厚一層，而它紋絲不動，收斂靈氣，減緩呼吸，宛如本來就長在這峭壁上的石頭一般，只有那雙琥珀色的眼睛，偶爾轉動一下，盯著開在峭壁上的一個洞穴。

那是一隻浩然鳥的巢穴，這種妖獸有一身金紅色的漂亮翎羽，單足三首，三個腦袋可以同時噴出大量炙熱的火焰，那烈焰溫度極高，幾乎可以融化這裡的山石，是一個危險而強大的敵人。

越是強大，越是讓南河血脈亢奮，它們天狼一族，天生就流動著好戰的血液。

它躍躍欲試，想要殺死這隻靈力強大的妖獸，獵取它的靈丹，自己就能一舉邁入離骸期，開始向著成為一隻真正強大的成年天狼衝刺。

為此，它將自己的身軀化為最不起眼的幼狼形態，在風雪的掩蓋下悄悄爬上懸崖，極度耐心地在這裡潛伏了整整兩日，終於等到了浩然鳥歸巢。

它又餓又冷，饑腸轆轆，但它還不能行動，要更有耐心地忍耐，只為等待一個最佳的進攻時機。

那隻浩然鳥從洞穴裡伸出三個腦袋，朝四周看了看。它剛剛捕捉到了一隻野牛精，吞噬了它的靈丹，好好地飽餐一頓，此刻感到有些睏倦，想在巢穴裡美美地睡一覺，消化在體內衝撞的靈氣。

這附近沒有比它更凶猛的妖獸，是屬於它的地盤，放眼望去，只有光潔陡峭的懸崖，這個巢穴是令它最為安心的地方。在呼嘯的寒風中，它威風凜凜的三個腦袋終於一個挨著一個地閉上了眼睛。

就在最後一個金光燦燦的腦袋閉上眼睛的時候，一道小小的白色身影從洞穴邊上一躍而起，幼小的身體迎風幻化，成為一隻體型巨大的銀色天狼。

銀光流轉，流星過際，風馳電掣的巨狼狠狠撲向洞穴中毫無防備的金紅色鳥妖，鋒利的前爪按住它的肩膀，一口咬斷它其中一隻脖頸。

浩然鳥驚醒掙扎，餘下的一隻頭顱發出尖銳的叫聲，另外一隻頭顱轉過脖頸噴出灼熱的火焰。

熊熊烈焰衝出洞穴，映得整座白雪皚皚的山壁一片通紅。

天空中繁星璀璨，天幕上的星星彷彿被撥動了一下，陡然間漫天星光從天而降，神奇的星雨絲絲縷縷地落進洞穴，巍峨的山頂上交織出一片浩瀚蒼穹般的星圖。

那些能夠燒毀萬物的灼灼烈焰，彷彿被星空吞噬，突然消失不見。

山壁間響徹著淒厲的鳥叫和低沉的狼嚎。

十萬大山之中，一道悠悠的女聲從深淵之中響起，「是天狼族的天賦能力，星辰之力。那隻小狼快要成年了，已經可以使出它們特有的天賦能力，必須盡快找到它。」

另一個沙啞的聲音回應著它，「怕什麼，那還只是一隻弱小又無力的小狼。看我抓住它，撕裂它的身軀，正好讓我們品嘗那純正的天狼血肉。」

一道詭異的童音在黑暗中響起，「嚶嚶嚶，不要大意。那可是曾經統治過這片土地的妖王，才過了一兩百年，你們就忘了被天狼族統治的恐懼了嗎？我可不想再匍匐在誰的腳下稱臣。我必須立刻咬斷它的脖子，現在就要。」

南河拖著傷痕累累的身軀爬上巨大的古樹，一頭栽進樹腰上那隱蔽的洞口，「砰」一聲掉進樹洞的底部，四五根金紅色的羽毛在它的身邊散落一地，一個帶著火焰光芒的妖獸內丹骨碌碌地在那些羽毛間滾了半圈。

銀色的天狼在昏暗的洞穴底部趴了片刻，勉強睜開眼，伸出舌頭把那顆紅色的妖獸內丹捲進自己的口中，吞到肚子裡。

陽光從高高的洞口斜照進來，正好打在那幾片散落一地的金色羽毛上，給漂亮的羽毛織上一層金色的光澤。

不知道她會不會喜歡這些羽毛？

南河覺得自己其實不太了解那個人類。人類似乎都喜歡顏色鮮豔的東西，比如一些花草，一些有光澤的錦緞和亮晶晶的金屬。有時候他們又會喜歡奇奇怪怪的東西，比如亂七八糟的蘑菇，沾著泥巴的植物根莖，讓它難以理解。

不過幸好那個人有一點和自己一樣，她喜歡甜的食物，喜歡鮮嫩多汁的羊肉，並且能巧妙地把那些肉類變得更加爽口美味。

南河想到這裡，咽了咽口水，感到空泛的肚子餓得難受了起來，它已經很久都沒有吃東西了，但此刻的它並沒有力氣爬起身，去外面捕殺野獸。

它的後背和腿上傳來一陣火辣辣的疼痛，南河回首看了一眼，後背有一大片都被燒傷了，原本漂亮的銀色毛髮脫落得七零八落，露出鮮血淋漓的肌膚，它想用舌頭舔一舔，可惜碰不到。

幸好沒有用如此醜陋的姿態出現在那個人的面前，因為她喜歡漂亮的毛髮。如果看到脫落成這樣的皮毛，肯定會更討厭自己。

何況她的身邊已經有了容貌俊美的山貓，百依百順的黑狗，還有一隻不知所謂的雞。

總是想著那個人類做什麼？南河唾棄了自己一下。

是了，我受了她的恩惠，問心有愧，不過是想要償還她的恩情罷了。

肯定只是這樣。

它垂著耳朵，闔上了那雙琥珀色的眼睛。

浩然鳥的妖丹在腹中擴散，大量的靈力驟然衝進四肢百骸，每一根經脈都被洶湧而入的靈力衝擊著，一下下地膨脹搏動起來。那股力量過於強大，幾乎就要撕裂它的靈脈，破壞它的身軀。

南河咬著牙忍耐，感覺頸椎和周身的骨骼彷彿在一點點地錯位，潰散後又重組，重組後再次潰散，它第一次真正體會到進入離骸期的痛苦。

這是每一隻幼小的天狼都必須經歷的過程，身處在危機四伏中的南河，沒有安全的環境來渡過這一次次的虛弱時段，因此它比起曾經的同伴更為急進，必須忍受的折磨也更為劇烈。

在這個時期，它需要用一波又一波的巨大靈力來洗滌骨骼和身軀，慢慢擺脫原有軀骸的桎梏，成為更高層次的質體，稱之為「離骸」。沒有澈底經歷過離骸期的幼狼，不論身體多麼龐大，都不能算是真正成熟的天狼。

南河緊閉雙眼，忍耐著像拆骨削肉一樣的折磨。它覺得自己的感官似乎在這種過度的疼痛中，變得遲鈍而迷糊了。有時候它會混亂地感覺到身軀變得極為龐大，有時候又覺得身軀在無限縮小。

無邊無際的黑暗和疼痛纏繞著它的身軀和精神，它的身邊只有危險和寒冷，沒有任何同伴。

洞穴外是呼嘯的北風，敵人隨時都有可能發現這裡，衝進來將自己撕成碎片。天狼星離它那麼遙遠，在白晝裡連一絲一毫的光輝都看不見，它只是一隻被遺留在這個世界的孤狼，即便艱難地成功離骸，也只能形單影隻地在這片大陸上渡過千年萬年。

南河在迷迷糊糊中回到幼年時的那一天。

那是一個星河璀璨的夜晚，月浪衡天，涼蟾凌空，一隻小小的天狼全力在月色下飛奔。它好不容易從人類的牢籠中逃脫，帶著一身的傷痛和委屈，拚命地向著遙遠的天狼山奔跑。

浩瀚蒼穹彷彿抖動了一下，漆黑的天幕上憑空多出了一輪圓月。

一般無二的兩輪明月舉鏡交輝，在夜空中相承相應，玉兔成雙，銀毫遍灑人間。

南河的父親說了成百上千年，似乎永遠都不會出現的兩月相承之日，突然毫無徵兆地降臨了。

小小南河在星空下停住腳步，愣愣地看著頭頂上兩輪巨大的明月。

遠遠的天狼山升起一脈細碎的銀光，那些星星點點的銀色光輝如流螢般盤桓高升，緩緩向夜空飛去。

它們排著整齊的佇列從銀盤般的圓月前穿梭而過，儘管因為過於遙遠而顯得十分渺小，南河依舊清楚地看見了，那是它的父母、兄弟和族人。

它邁著小小的四肢在地面上狂奔，竭盡全力嘶吼，但那遙遠的星漢之中，終究沒人能聽見在廣袤的大地上，有隻小小天狼的呼喚聲。

族人的身影穿過明亮的圓月漸漸變得細小，最終消失在無邊的星河之中。

像是突然出現一樣，天幕上的鏡月驟然消失。

無邊的夜空之中依舊只有一輪孤獨的圓月。

除了天狼山上的狼群從人間消失不見之外，世間彷彿沒有任何不同。

只有那隻小小的銀色天狼，顫抖著幾乎虛脫的四肢，低頭喘息著，慢慢向著沒有家人的天狼山山脈走去。

樹洞裡的南河睜開眼睛，渾身的汗水浸溼了它凌亂的毛髮，從洞口照進來的那束陽

光打在眼前的地面上，陽光中的金色羽毛被微風撩動，微微翻轉。

身體好疼，南河覺得自己快要撐不住了。

但它不願意放棄，因為還沒把這些羽毛放到那個院子的門外。

它想再悄悄地看那個人一眼。

想到那個人笑盈盈的模樣，身上的痛苦似乎就減輕了一點。那個人依稀坐在眼前的陽光中，從光束中伸出手來，摸了摸它的腦袋。

「疼不疼？別亂動，我給你塗一點藥。」

南河輕輕「嗯」了一聲，再睜開眼，眼前的身影已經消失，只有一圈朦朧的光斑。

洞穴的四面八方都響起那清越的聲音。

「忍一忍，一會兒給你好喝的羊肉湯！」

「桂花糖，很甜的，吃嗎？」

「別怕，我畫一個金鏃召神咒，很快就不疼了。」

南河在昏昏沉沉中閉上雙眼，甘泉般的誦咒聲響起。

「羌除餘晦，太玄真光，妙音普照，渡我苦厄。」

「渡我苦厄，渡我苦厄……」

悠悠餘音在昏暗的樹洞中不斷繚繞，安撫著那具痛苦的身軀。

袁香兒在庭院的梧桐樹下折騰著新發現的「印刷」製符術。

她在黃紙上畫好符頭、天柱等等，對著錦羽招招手，「來，錦羽也來試一次。」

錦羽跳上桌去，咕咕咕地脫下小靴子，光著爪子上前，在朱砂盒裡踩了一腳，啪嗒啪嗒在符紙上來回印了好幾個朱紅色的雞爪印。

袁香兒正經八百地駢劍指，起黃符於懸空，口中斥道，「急急如律令，敕！」

那張符歪歪斜斜地落到烏圓的身上，發出「噗滋」一聲，冒出一小縷細細的煙霧，把烏圓的一小條尾巴隱匿不見了。烏圓十分開心，一下子跳起身來，轉著圈找著自己看不見的尾巴，引得袁香兒哈哈大笑。

「來來來，錦羽，咱們再來一次，看能不能把烏圓的半個身子都變不見。」

錦羽抬起腳，正要在黃符上印下爪印，卻突然縮起雞爪，轉了轉眼睛，隨後它伸過脖子，悄悄對袁香兒說了一句：「來……來了，它又來了。」

袁香兒一下轉過臉，看向了悄無聲息的院門。

第十一章　歸來

青松斜倚的院牆外，一名男子獨立在雪地中。

它身披一件銀毫大氅，赤著雙足，抬首凝望院門。

肆意攏在腦後的長髮被微風拂起，露出如畫的容顏，當真青松難擬其姿，霜雪莫勝其神，皎皎如朗月之臨空，飄飄若謫仙之下凡。

庭院內傳出陣陣的歡笑聲，南河在門外的雪地裡默默聽了許久，它不知道自己是什麼時候走到這裡的，等它清醒過來時，發現自己已經站在了這個熟悉的院門外。

它既傷且疲，餓得厲害，真想一把推開眼前的這扇門。

那個人肯定會拉著它的手，把它牽到暖和的屋子裡，給它做一碗熱氣騰騰的羊肉湯麵。

但這一伸手，也許會把天狼山上那些猙獰強大的妖魔，一同帶進這個溫暖的小院，給他們帶來無限麻煩。

南河彎下腰，在門口的雪地上鋪上一片樹葉，整齊地擺上五根金紅相交的翎羽，準備轉身離去。

此時，院門突然敞開，袁香兒露出了腦袋。

她看了地上的羽毛一眼，又瞇起眼睛看著眼前陌生的男子，「小南？」

那個容貌漂亮得不像話的男人，和袁香兒面面相覷了片刻，突然轉身就跑。

「跑什麼跑？你給我站住！」袁香兒怒了，衝著那個轉瞬間就跑遠的背影，單手掐了一個「扭」訣，呵斥一聲：「束！」

那個裹著一身銀色輕裘，修長清俊的背影突然撲倒在雪地上。

袁香兒追上前，正當她想要數落它，卻突然想起剛剛在眼前一晃而過的容顏，到了嗓子眼的話語突然噎住了。

那個撲在雪地中的，已經不是自己曾經抱在懷中的小小毛團，雖然帶著一種熟悉的氣息，但確實是一個人類模樣的年輕男子。它線條流暢的長腿從空落落的衣襬下露出來，凍紅的腳趾微微蜷縮著，腿側卻露出了成片的燙傷，脫落的肌膚血跡斑斑。

「你……」袁香兒向它伸出手，那個埋在雪堆裡一動不動的腦袋，突然冒出了一雙軟呼呼的耳朵，衣服的下襬鑽出了一條毛茸茸的尾巴。

那雙耳朵抖了抖，一下子紅到了耳朵尖，身高腿長的男人就地化為一隻體型巨大的銀狼。

傷痕累累的銀色天狼抖了抖毛髮，強行掙脫了袁香兒的咒術，化為流星一般從雪地上飛奔逃走。

袁香兒差點罵出髒話。

她深吸一口氣，沉靜心神，取一黃符沾染地面留下的血跡夾於掌心，雙手指訣，口中默念請神咒。

一個寸許高的銀色小人戴著銀色的尖嘴面具，出現在袁香兒面前的空中。

袁香兒抱拳行禮，微微躬身，「有勞了。」

那小人默不作聲，叉手躬身回了一禮，轉身向南河消失的方向疾速追蹤而去。

它的腿部連著一根銀色的線條，隨著它的飛躍前行，那銀色的身軀就像是脫了線的針織衣物，一圈圈慢慢地減少。袁香兒手持銀線的末端，在雙腿上拍了兩張疾行符，緊跟上前。

烏圓化為小小的山貓，扒在袁香兒的肩頭。

「阿香，我們進入天狼山的靈界了，這裡是妖精的地盤，妳當心點。」

「沒事，已經找到了。」袁香兒在一棵蒼天古樹前停下腳步。

不知道那棵樹生長了多少年，即便十幾個人都無法將那粗壯的樹幹合攏，枝葉茂密的樹幹直入雲霄，從樹底下望去，幾乎看不見頂端。

一根細細的銀絲追到了樹幹中部一個不起眼的樹洞口，消失在那裡。

袁香兒爬到樹上，來到那個洞口前，從外面看進去，這個洞穴很淺，裡面什麼都沒有。

烏圓從她的肩膀上跳下來，在洞口前轉了兩圈，雙眸亮起一片瑩光，朝內注視了片刻，「有妖魔在裡面設了陣法，這個陣法帶著星辰之力，很難破解，阿香妳別隨便進去。」

它的話音還未落下，袁香兒已經探身進到洞穴，起初她的身軀黏滯難行，彷彿身處一片無邊的星海之中，那些星辰凝滯了片刻，紛紛主動避開她，袁香兒就這樣輕輕鬆鬆地鑽進了洞穴中。

一鑽進來，才發現樹洞的裡面和外表完全不同。大樹的中心基本上是中空的，洞穴高達十餘米，寬廣昏暗，底部的一角鋪著幾張猛禽的皮毛，上面蜷縮著一隻傷痕累累的銀色天狼。

袁香兒從洞口爬下去，來到了避無可避的南河身邊。

南河別過腦袋，閉上了雙眼。

所有雄性的天狼，都以一身漂亮的銀白毛髮而感到自豪，越是濃密柔順且有光澤的毛髮，越能代表強壯而有力。它唯獨不想被袁香兒看見這副模樣，偏偏自己只能無奈地將最狼狽的樣子，毫無遮擋地展示在她的面前。

她會不會嫌棄自己？她肯定不想再摸摸自己的腦袋了吧？

帶著體溫的柔軟掌心久違地摸上南河的腦袋，和從前一樣，小心地揉了揉它的耳朵，又捏了捏它敏感的耳廓。

「幹什麼見到我就跑呀，這麼久沒見，我一直很想念你，謝謝你送來的那些禮物。」

那個人就蹲在它的身邊，輕輕撫摸著它的毛髮，柔聲和它說話，軟軟的聲音穿過它肌膚的毛孔，像是無數根細如牛毛的針，在南河的心尖上紮了一下，使它的心突然又酸又澀。

袁香兒看見那隻變大的小狼終於睜開眼睛，用琥珀色的眼眸看了自己一眼，慢慢地把白色的頭顱移過來靠近自己，可憐兮兮地將嚴重燙傷的身軀蜷縮起來，依偎在自己的身邊。

認識了這麼久，這是這隻彆扭的小狼第一次主動靠近自己，差點把袁香兒的心給軟化了。

「疼不疼？」她小心查看南河的傷勢，也不知道南河獨自經歷了什麼，彷彿從火場中竄出來一樣，大面積的皮膚脫落，起了水泡，鮮血淋漓地掛著，看了都叫人心疼。

「給你畫一個金鏃召神陣吧？」

她以為南河會和從前一樣慣性地拒絕，或者毫無回應，誰知過了片刻，洞穴中響起一道低低的嗓音，輕輕「嗯」了一聲。

袁香兒取出隨身攜帶的符筆，沾了朱砂，在南河的周圍畫了一個鎮痛止血的金鏃召神陣，盤腿坐在它的身邊，低聲念誦了幾遍法訣。

那隻銀白的天狼默默趴在陣法中，下顎擱在自己的腿上，時不時用琥珀色的眼眸看看她。

「我回去拿一點藥，再給你帶點吃的，還是說你先跟我回去一趟？」袁香兒站起身。

南河垂下了眼睫，許久才開口說道，「這裡很危險，我的敵人很多，它們可能馬上就會出現，妳……別再過來。」

明明是拒絕的話，但袁香兒卻從中聽出了轉了幾個彎的委屈難過。小南的耳朵都低下去了，它是不捨得自己離開。

洞穴之外的烏圓被陣法擋住進不來，急得在樹枝上直打轉。

「我這裡沒事，烏圓你先回去，幫我帶一點藥品和食物過來。」袁香兒衝著洞口喊。

烏圓你先回去——

你先回去——

你回去——

南河垂著的耳朵突然精神地豎了起來，靈巧地來回轉了轉。

它知道自己應該讓袁香兒立刻離開，這裡並不安全。但那話到了嘴邊，滾過來滾過去，咽下去吐出來，來回折騰了幾百遍，卻還是說不出口。

話還沒說出口，肚子已經率先發出了抗議的聲音。

「你是不是餓了？」袁香兒說，「烏圓沒那麼快回來，你等我一會兒，我去給你找點吃的。」

這句話澈底打消了南河欲言又止的話語，它想起兩人一起在街邊吃的冒著油花的羊肉串，還有大口喝下的香濃牛肉湯，空空的腹部幾乎要從前胸貼到後背。

只是吃一點東西而已，吃完馬上就讓她離開。忍受不住誘惑的南河咽了咽口水，這樣說服自己。

洞穴內不能生火，袁香兒翻出樹洞外，獵殺了一隻山羌，在避風處烤得噴香熟透後，帶著一身香味溜了回來。

她把那隻油汪汪的羌肉一點點地撕下來，餵進躺在地上的南河口中。

「吃得下去嗎？」袁香兒問它，「先吃一點點，一會兒再想辦法給你弄點好消化的東西。」

南河珍惜地咀嚼著口中熟透的食物，香醇的肉汁順著食管流進饑腸轆轆的腸胃裡，一路撫慰了被它自己餓了數日的身軀。

它傷得很重，咀嚼和吞咽都成了一件辛苦的事。如果是之前，它只能翻找出凍在洞穴中的生肉，勉強自己吞食那些冰冷堅硬的食物。

但此刻有一個人坐在自己的身邊，一點點地將香酥軟嫩的烤肉餵給自己，哄自己喝那甘甜的山泉水。

南河羞恥地想到，既然這個人喜歡摸自己的耳朵，那給她多摸幾下也無妨吧？

大地傳來一陣微微的晃動，洞穴的枝條簌簌抖動了起來。

南河一下支撐起身軀，側耳聆聽了片刻。

「它們來了。」它在這瞬間從一隻軟綿綿的大毛團，化為一柄出鞘的利刃，狠戾，堅毅，巍峨如山，

「還來得及，妳立刻走。」琥珀色的雙眸冰寒一片。

「來的是什麼人？我不走，我陪你一起。」

南河錯愕地看著她，「不，敵人很強大……」

它還沒說話，袁香兒已經掐了一個井訣，把它陷在地上動彈不得。

「我也不是弱者。」袁香兒不容置疑地用最快的速度，從洞口一路布下數個制敵陣法。

敵人來得很快，地動山搖中，洞穴之外響起沙沙的腳步聲。

從法訣中掙脫出來的銀狼，無奈地把身軀巨大化了兩圈，一條毛茸茸的大尾巴掃過來，輕輕將袁香兒捲在身後，把她藏進堆疊在地上的皮毛堆中。

袁香兒被一片皮毛淹沒，勉強從銀白的世界裡伸出腦袋，緊張地盯著晃動著的洞口處。

她嘴上說得堅定，卻從未真正地和一隻大妖戰鬥過，心裡免不了地緊張。好在她還有殺手鐧，哪怕打不過，師傅的雙魚陣應該還是能夠護住自己和南河的。

一個巨大的人形頭顱從洞穴外搖搖晃晃地經過，那顆腦袋上的皮肉層層疊疊地垂著，彷彿是個不知道活了幾千年、接近腐朽的年邁生命，巨大的眼睛停留在洞口，它轉動著混濁的眼珠，看著洞穴裡面。

袁香兒屏住呼吸。白茸茸的尾巴輕輕蓋上，把她藏下去。

幸運的是，那隻巨大妖魔似乎沒有烏圓那樣的天賦能力，在洞口看了一圈後，就慢悠悠地離開了。

「烏圓，待在家裡，別靠近這個地方。」袁香兒通過使徒契約，即時給烏圓發出警示。

『阿香，妳還在樹洞裡嗎？那附近有兩隻好恐怖的大妖怪，我都不敢靠近。』袁香兒的腦海中響起烏圓的聲音。

「我知道、我知道，你別過來，乖乖地退遠一點。」袁香兒一邊囑咐自己的使徒，一邊緊盯著洞穴外的天空。

不多時，樹洞外傳來另一種沙沙的聲響，一隻水桶粗的花斑大蟒從洞口處爬過。

那隻巨大的蟒蛇盤在樹上，數條長長的脖子在空中搖擺，每一條脖子上都長著一張人類的面孔，張口發出嬰兒啼哭般的古怪聲音。

袁香兒數了一下，覺得那條蛇大概有九個腦袋。

雖然已經和虺螣混熟了，但袁香兒依舊害怕蛇類，特別是這隻粗大又怪異的生物。

她忍不住起了一身的雞皮疙瘩，往那些熊皮和豹皮的縫隙裡縮了縮，伸手抱住蓋在自己頭頂上的白色尾巴。

南河回頭看了她一眼，微微擺了擺尾巴尖，沒有掙脫。

一個蛇頭的人面貼近洞穴，那張蒼白的面孔朝著洞穴內左看右看，洞穴中的袁香兒可以清晰看見那張面孔上的五官和細微的表情，但它似乎看不見洞穴內明晃晃的天狼。它細細地將眉眼眯起來，帶著點疑惑，滯留在洞外不走。

「到處都找不到呢，奇怪，我明明聞到了一點天狼的血腥味道。」之前那個蒼老的聲音從不遠處響起。

九頭蛇在洞口回應他，「老者，那隻小狼很狡猾，它故意在不少地方都留下自己的血液，就是為了迷惑我們。哼，天狼山這麼大，大家都在找它一個，也不知道這隻天狼最後會便宜了誰。」

「我！得到它的一定是我！我要捉到它，把它的皮剝下來，掛在我的洞穴裡，我喜歡那種銀色的皮毛。」

「別說大話了，還是去厭女那裡問一問，看它有沒有發現吧。」

說話的聲音漸漸消失了。袁香兒悄悄地從皮毛中鑽出來，往洞口處爬，想張望一下外部的情形。

南河咬住她的衣角，輕輕搖了搖頭。

果然，安靜了片刻之後，那顆渾濁的巨大眼睛再次出現在洞穴外。

「都說了，不在這裡，你偏偏不信。」九頭蛇七嘴八舌地抱怨。

「奇怪，怎麼隱約有一股燒焦的肉味啊？」名為老耆的妖物說道。

「那是山羌的味道，和天狼沒有關係，我來的時候在附近發現一隻山羌的殘軀，有炙烤的痕跡，像是人類的手筆，可能是有不知死活的人類闖進來過。」

「人類？我不喜歡那種生物，他們太臭了，而且他們生活的地方一點靈氣都沒有。」

一蛇一怪窸窸窣窣的腳步聲慢慢遠離，袁香兒再次爬上洞口，也不敢伸出頭，只在洞口內張望，叢林間波瀾起伏的樹頂之上，露出一個十餘米高的怪物，它有一個巨大的頭顱和不太成比例的瘦小身體，穿著一件灰布長袍，正兜著袖子分開樹冠緩緩離去。在它的身邊，一條有著九個腦袋的巨蛇，蜿蜒著身軀並肩齊行。

袁香兒長長地鬆了一口氣，從兩隻妖魔的對話中可以得知，天狼山內似乎有很多強大的妖魔，都要想抓到南河，總而言之，這裡確實十分危險。

一直繃緊身體戒備著的天狼甩了甩腦袋，一旦放鬆下來，它撐在地上的前肢就開始微微打顫，身軀忽大忽小地變化著，這是靈力快要枯竭，已經支撐不住巨大體型的象徵。

袁香兒還來不及說話，後背的衣領突然被南河叼住，一股力道傳來，眼前一陣天旋地轉，被南河從樹洞中丟了出來。

南河用一股巧勁兒，讓袁香兒平穩地落在地面上，等她抬起頭時，頭頂上的洞口卻迅速被陣法封閉，從裡面傳出一道悶悶的聲音：「妳走。」

真是既傲嬌又彆扭。

被丟出來的袁香兒無奈地嘆了口氣。

唉，誰叫它是自己養的狼呢？再彆扭也只能自己寵著了。

她想了想，把雙手攏在嘴邊，拔著嗓子突然發出一聲刺耳的尖叫：「哎呀！救命！」然後憋住氣，一動不動地站在原地。

一個小小的白色狼頭快速地從樹洞裡伸出，驚慌失措地四處張望，直到對上了袁香兒的視線，南河才知道自己被騙了，但樹下的那個女孩只是昂著頭，笑盈盈地向它張開雙臂。

「跳下來，我接著你，跟我一起回去。」

「聽話，我又不會把你關起來，等你傷好了，隨時都可以離開。」

「你下不下來？你不下來，我就要站在這裡不走了。」

「這個地方好像很危險，萬一再有一隻妖怪來把我叼走，那該怎麼辦？好可怕，畢竟我是這麼弱小的人類。」

袁香兒插科打諢，嘴炮放個不停，像南河這樣不捨得多說幾句話的小妖精，不可能是她的對手。

果然，那一團毛茸茸的小狼，站在高處斟酌了許久，終於縱身從樹杈上撲下來，被袁香兒穩穩地接住了。

『阿香，那兩隻大妖離開了，妳趕快回來。』烏圓的聲音在腦海中響起。

「行，我這就回去，路上還有什麼大妖怪嗎？」

『沒有了，越靠近人間界，靈力越稀薄，支撐不了大妖活動，它們一般不愛去那裡。』

在烏圓確定道路的安全後，袁香兒抱著縮小的南河一路飛奔。

斜陽晚照，橘紅色的陽光鋪在白雪皚皚的地面上，道路兩側的樹木在迅速後退。

南河蜷縮在袁香兒的懷抱中，明明很累，渾身像散架一般的疼，但不知道為什麼，心裡卻漸漸湧上一股名叫「高興」的感覺。

這已經是第二次了。上一次，它也是像這樣被這個人背在身上，一路帶出了危機四伏的森林，帶進了人類的世界，那時候它的心中充滿著悲哀和絕望。

但是這一次，它被攏在溫暖的懷抱中，心中有一點酸澀，更多的是桂花糖一般的甜。

南河閉上眼，它貼著那個一路飛奔的身軀，清晰地聽見一聲聲迅速而有力的心跳聲。

那個人帶著它一路跑回家，推開那扇大門，穿過熟悉的院子，進到她的臥室中，把那個軟軟的墊子拿出來。

南河的體溫過低，即使抱在懷裡，依舊微微打著冷顫，需要一個溫暖的地方。

袁香兒想了想，把那個時常晾曬的羽絨墊子直接放在溫熱的炕上，將南河放進去。

「還冷不冷？」她蹲在炕沿問。

南河搖了搖頭，其實它冷得厲害，因為受傷失血，長時間緊張地戰鬥，體內的能量大量流逝，儘管它已經盡量克制，但稀鬆的毛髮尖仍舊忍不住地微微顫慄著。

它把鼻子埋進那個軟軟的墊子裡，只聞到了乾爽的陽光味，並沒有混進其他亂七八糟的味道，它鬆了口氣，終於在溫暖的環境裡，安心地昏睡過去。

袁香兒蹲在床邊，小心地摸了摸她的狼，才離開自己短短幾天，漂亮的毛髮就沒了，身上左一塊右一塊地禿著，這會縮在墊子裡，可憐兮兮地直打哆嗦。

幸好把它弄回來了。

袁香兒去廚房找雲娘要了一碗熱呼呼的雞湯，當她再度推開房門的時候，炕上的那隻小狼已經變成了人形。

它背對著袁香兒，蜷縮著身體，睡得正香。

白日裡一陣忙亂，袁香兒幾乎沒有看清過南河人類的面孔，這樣一想，她似乎都沒有見過南河化為人形時候，也不曉得它長得是什麼模樣。

袁香兒咬了咬嘴唇，伸出手指，輕輕撩起那一頭散落的長髮，露出了覆蓋在銀髮之下潔白的臉龐來。

這也太犯規了吧！她在心裡輕輕讚嘆了一聲。

或許妖魔都長得完美而精緻，不論是阿螣，還是烏圓，它們都有一副明媚動人的容顏。

但是躺在眼前的這個男人，比任何一個妖魔都更符合袁香兒的審美，哪怕它面色蒼白，閉著雙眸，袁香兒都不得不承認，在它露出容顏的那瞬間，自己的心跳快了好幾拍。

從前讀過的豔情話本中，描繪賢明的君王為美人傾心，夜夜笙歌，荒廢了國事；或是知書達理的書生，被狐精迷惑，沉迷聲色，拋棄了聖賢禮教。袁香兒看過後都只是付之一笑，覺得那只是文學作品的誇張意淫而已。

此刻，她突然有些理解那些角色，如果有南河這樣容姿的美色擺在眼前，即便換作是她，也可能做出君王不早朝的昏庸之事。

那張肌膚勝雪的面容上，不論是眉毛的流線、鼻梁的側影、輕顫的睫毛，還是那抿在一起的嘴角，都恰好長在自己的萌點上。

如果這是一個人類，那完全就是自己的理想型了，可惜只是一隻小狼。

袁香兒惋惜地戳了戳它光潔的肩膀，有些不好意思地扯過床上的被褥，小心避開它身上的燙傷，稍微遮蓋住它的身體。

南河有些警覺，微微睜開眼，看見是袁香兒的面孔，又放心地閉上了眼睛。

「原來這個墊子是它的啊，難怪妳一直不讓我碰。」跟進來的烏圓跳在炕沿邊的櫃子上，不高興地「哼」了一聲。

床上之人的腦袋上突然冒出一雙柔軟的毛耳朵，那耳朵在袁香兒的視線裡輕輕顫了顫。

「為什麼都變成人形了，耳朵和尾巴還是會常常冒出來？」袁香兒不太明白妖精們的特性。

「它們狼族和我們一樣，耳朵和尾巴都特別敏感，一旦情緒激動，就很容易控制不住地跑出來，它大概是正在高興吧。」

烏圓毫不客氣地揭南河的短，完全沒有提起自己在平日裡變成人形的時候，根本連耳朵都收不回去的情況。

「原來是這樣呀。」袁香兒伸手把南河扶起來，餵它喝熱騰騰的雞湯，「你喝一點這個暖和一下。東街永濟堂有種治療燙傷的蛇油軟膏特別有效，我一會兒就去買回來給你擦。」

那雙琥珀色的眼眸帶著一點剛睡醒的水霧，伸手接過袁香兒手中的碗。

「多謝……我自己來。」它的聲音又低又沉，骨節分明的手指有些冰涼，不小心觸碰到袁香兒的手，在那裡留下了明顯的涼意。

哎呀，它變成了這個樣子，好像有些不太方便啊。袁香兒後知後覺地想著。

她的視線避開了那肌肉緊實的身軀，看到被褥下露出的一雙光潔腳踝，突然想起自己曾經握住那個地方，把人家強制翻過身，還大大咧咧地剃掉傷口附近的毛髮，給人包紮上藥。

難怪當時的小南掙扎成那副模樣，袁香兒有些不好意思地捂住自己的額頭。

第四咒〈韓睿夫婦〉

第十二章　人心

袁香兒來到東街的永濟堂，這家藥鋪獨家祕製的蛇油軟膏，用來醫治燙傷的效果特別好，遠近馳名。

永濟堂曾經是闕丘鎮上口碑最好的一家藥鋪，鋪子中出售的藥劑療效顯著，價格公道。原東家韓睿大夫醫者仁心，夫妻兩自打開了這間藥鋪後，時常救死扶傷，贈醫施藥，幫助過不少人，受到街坊四鄰的愛戴。

袁香兒打小就時常被師傅派遣來這裡購買藥材，這對店主夫妻留給她的印象不錯。令人痛惜的是，年初春汛期間，韓大夫協同妻子外出，搭商船過江之時遭遇江匪，不幸在江上雙雙遇難。

可憐夫妻倆膝下只有一位八九歲的小公子，這間生意紅火的藥鋪，只得由韓大夫的兩位堂兄弟幫忙照管，那兄弟二人本就被韓大夫收留在藥鋪中打雜，如今打著照顧侄兒的名義，順理成章地接管了藥鋪，韓小公子也就輪流寄養在兩位叔叔家，過上了寄人籬下的日子。

日暮時分，天地昏黃，萬物朦朧，模糊了世間各種界限。

街道兩側的商鋪陸續挑起了燈籠，永濟堂的門口進進出出著許多買藥的客人，熱鬧不減。

如今新任韓大掌櫃的妻子姜氏，正坐在鋪門外，撚著一條帕子同相熟的街坊訴苦。姜氏早些年跟著屢試不第的丈夫過著異常貧困的日子，又瘦又黑，折騰出一臉的苦相，性子十分吝嗇。即便夫君在堂弟的藥鋪學了手藝，做起掌櫃，生活漸漸有了起色，她也開始裹上綾羅，穿金戴銀，卻依舊擺脫不了那刻在骨子裡的尖酸刻薄。

「我那可憐的侄兒，不知道命裡犯了什麼煞，年頭才剛克死了他爹娘，如今又把自己的小命給丟了，只苦了他嬸嬸我，半年來好吃好喝地費心養著他，費了幾多錢米，誰知道這小沒良心的，就這麼撒手了，可叫我怎麼活呀。」

雖然擠不出眼淚，但她撚著帕子嚶嚶乾嚎，配合那張乾癟愁苦的面容，很是像模像樣。

自打數日前，侄兒韓佑之在天狼山走失之後，姜氏就在這門前接連訴苦了幾天，如今人人都知道她的侄兒已死於非命，這家日進斗金的鋪子當然也不得不由他們勉強繼承了。

韓二掌櫃的妻子朱氏卻是個性格潑辣，身材矮胖的女人。此刻她靠在櫃檯邊，嗑著瓜子搭話，「嫂嫂是個心善之人，誰不知道妳對侄兒比對自己的親兒子還要好，是他沒有這個享福的命，小小年紀就夭折了，我這個做弟妹的心裡啊，也是難受得好幾天都吃不下飯呢。」

她一邊說話，一邊翻飛嘴唇吐著瓜子皮，倒是一點都看不出吃不下飯的樣子。

「人死不能復生，這也是沒辦法的事。我琢磨著既然侄兒已經沒了，咱們還是請幾位法師來辦一辦法事，打發他安穩上路才是。」

姜氏放下帕子瞪她，「那得花多少錢？」

此刻積雪的街道上，袁香兒望著對街的藥鋪遲疑了一下。

熱熱鬧鬧的大門，亮如白晝的鋪面，藥鋪門頭的瓦當上赫然趴著一隻肉蟲狀態的妖魔，雖然過往行人眾多卻毫無所覺。

「噫，好噁心，那是什麼？我在山中從未見過。」停在袁香兒肩頭上的烏圓露出一臉嫌棄的表情。

「那是蠹，一種食怨而生的妖魔，只在人間才有。」袁香兒看見那三尺來長的魔物在瓦片上蠕動爬行，實在不想從它底下穿過。那魔物人面蟲身，慢慢爬到屋簷邊，把皺巴巴的人臉從屋頂上垂下，幾乎貼到了姜氏的腦袋旁，睜開層層疊疊的眼皮看著姜氏。

而姜氏恍然未覺，依舊裝模作樣地和妯娌哭訴。

「它是靠吞噬人類的忌妒、怨恨、憎惡等負面情緒而生存的魔物。多在一些陰鬱擅忌的小人身邊滋生。」袁香兒給烏圓解釋那隻人間特有的魔物，「隨著它慢慢長大，哪怕這個家從前滿盛福祿之氣，覆罩功德金光，都會逐漸消失。陰物漸漸匯聚，晦氣滋長，運勢凋零，生活其中的人很快就霉運連連，家勢衰敗。因而他們的怨恨和憎惡將變得越來越多，以供養蠹魔不斷壯大。」

人生無常，逝者不知魂歸何處，生者卻還盯著人間的死物蠅營狗苟，卻不知算計到最終，會把什麼樣的鬼怪給招來。

「喵，我看見了，這個房子本來金燦燦的，現在已經差不多被這隻醜蟲子腐臭的黑氣驅散了，裡面真是太臭了，我不想進去。」

「那你在這裡等我。」袁香兒摸了摸那隻愛乾淨的小貓，找了個石墩，掃掉上面的雪，鋪上自己的帕子，將她嬌氣的使徒放在上面。

她捏著鼻子，忍耐著從魔物的身軀下穿過，走進藥鋪買了軟膏。

從藥鋪出來，在邁過門檻的時候，那隻食怨獸從屋簷上探出腦袋，用暗紅色的眼睛看了她一眼。袁香兒沒有搭理它，拍掉沾染在身上的晦氣，跨過汙水橫流的街道，蹲在石墩前，伸手接回自己乾淨的小貓，乘著昏昏沉沉的天色往回家的路上走去，將那間燈火明亮、喧囂熱鬧的鋪面留在身後。

烏圓坐在袁香兒的肩頭，一雙眼睛在昏暗中瑩瑩發光，看著身後的鬧劇，「那個女人既然不悲哀，幹嘛要又哭又嚎呢？」

「人類和你們不同，有時候心裡明明竊喜著，表面上卻要裝出悲痛欲絕的模樣；有時候心中明明悲傷，卻又不得不在人前擺出笑臉來。」

「這又是為什麼？」烏圓不解地眨了眨眼睛，「你們的生命那麼短，難道不該專心地活得快樂一點嗎？」

在有著漫長生命的妖精眼中，人類的一生如同晨露般易散。烏圓覺得疑惑不解，它一直以為這些朝生暮死的種族，定然十分珍惜自己那一閃而過的生命，至少也該像阿香一樣，每天開開心心地玩耍才對。

誰知到了人間之後，它發現許多人類根本不覺得自己生命短暫，總是將大把時間花費在無謂的事情上。

袁香兒回到家中，洗淨雙手，給南河塗抹蛇油煉製的燙傷藥。

南河變回了銀色的小狼模樣，乖乖地趴在桌上的一條毛巾上。

人類是一種身體脆弱的種族，因而他們比任何物種花費了更多精力，一代代研發煉製治療創傷的藥劑和方法。

那傷藥呈半透明狀的淡黃色，帶著一股奇特的香味，塗在南河的肌膚上，傷口處立刻傳來一陣沁涼之感。塗藥的人動作溫柔，小心翼翼地對待它，指腹劃過它的肌膚，一路留下絲絲刺痛和酥酥麻麻的感覺。

「後背可以了，你轉過來一下。」那個人說道。

南河彆扭了片刻，慢慢滾過身體，四條腿蜷縮著，露出毛髮稀鬆且柔軟的肚皮，它偏促地把腦袋別向一邊，不曉得該把視線放在哪裡。

「你別緊張，不過是塗個藥，你這樣我多不好意思。」袁香兒笑著說。

雖然她嘴上這麼說，手上卻沒有半點不好意思，乾淨俐落地把南河的傷口處理好了。

南河飛快地翻回來，一瘸一拐地想爬下桌子。

袁香兒將它撈起來，連著毛巾一起抱回炕上的墊子裡，她忍不住想要摸摸那對白色的小耳朵，那耳朵尖尖的，像一座小山，長著細細白白的軟毛，時不時就會動來動去，實在太可愛了。

她試探性地伸出手，輕輕順著那軟軟的毛髮摸了摸，滿身藥味的小狼趴在那裡抖了抖耳朵，沒有發出任何聲音。

沒聲音就是同意了，袁香兒高興地把好多天沒摸到的狼耳朵，好好地磋磨一通。

她其實更習慣南河幼獸的模樣，和這種小奶狗的樣子相處起來，比較沒有壓力。不過自從她見過南河的人形的模樣後，就不再隨便把人家擺來擺去地欺負。

「怎麼又變成這個樣子了？你們在人間界的時候，不是人形最為節省靈力嗎？」她問南河。

「我，還不太擅長變化人類的衣服。」南河把臉轉過去。所以不能在妳面前赤裸身體。

天幕低垂，涼蟾凌空。晚飯之後，袁香兒坐在門檻上切著雲娘做好的米糖。

這種小吃製作起來有些複雜，卻是當地在過年前後，家家戶戶都要準備的零食。製作這種米糖需要經過多道複雜的工序，首先要精選優質的糯米，在浸泡、蒸熟之後製成凍米，再將凍米油炸成米花，最後加入糖漿、花生和桂花等物，翻炒攪拌，凝固切片，才能成為一塊塊香脆可口的甜食，用在年節前後待客和哄孩子高興。

袁香兒在砧板上切的，就是雲娘花了好多心思製作出的大塊米糖，要切得薄厚均勻，大小一致，包好收進罐子裡。

烏圓和錦羽瞪著眼睛蹲在一旁等著，如果有不小心切碎的米糖，袁香兒就會拋過來。烏圓「嗷嗚」一口叼住後，飛快地竄到大榕樹上蹲著吃，而錦羽還伸著雙手巴巴地看著，袁香兒只好再撿一兩小塊，放進它的手心裡。

受傷的南河蜷在袁香兒身邊的墊子上，看著那隻長脖子雞甩著小袖子，捧著糖咕咕咕地跑了，它不屑地瞥了兩隻小妖精一眼。

袁香兒撿起一塊，遞到南河的面前，「小南也想嘗嘗看嗎？」

南河轉過腦袋搖了搖頭。

眼看烏圓和錦羽跑遠了，袁香兒偷偷從荷包裡掏出兩顆梅花狀的桂花糖，托在手心裡，低頭靠到南河身邊，悄悄地說：「我們吃這個，余記的桂花糖，上次特意去兩河鎮買的，就剩兩個了，咱們倆偷偷吃。」

那隻傲嬌小狼的琥珀色眼珠動了動，伸過腦袋，把一顆糖果舔走了，粉粉的小舌頭不小心刮了袁香兒的掌心一下，讓她覺得刺刺癢癢的。

就在這時，屋外響起了一陣輕輕的敲門聲，「誰啊？」袁香兒起身應門，這個時辰怎麼還會有客人來？

院門外站著一對年輕夫婦，「不好意思，冒昧打擾。」那位娘子面容和善，語聲懇切，「我們走了很遠的路，一直沒找到客棧，好不容易看見這裡有燈光，能不能讓我們借住一晚，明天一早就會離開。」

它的鞋襪和衣襬全溼了，在大冷天往下滴著水，形容狼狽，一臉哀求地看著袁香兒。它的丈夫默默地站在它身邊，恭身給袁香兒施了個大禮。

袁香兒沉默地看著它許久，拉開門讓它們進來，那對夫妻跟在袁香兒身後走進庭院。冬夜寂靜，庭院四周繁密的樹木彷彿黑暗中的無數影子，沉默地駐立在角落裡，影影綽綽，令剛進屋的女子心中有些害怕，它悄悄挽住了身邊丈夫的胳膊。

好在前方的數楹屋舍中，透出溫暖明亮的燈光，讓它稍為安心了一些。

院子的中庭有一棵粗大茂密的梧桐樹，樹下一隻強壯的大黑狗在它們經過的時候，突然發出激烈的犬吠，把那位女子嚇了一跳，它轉頭看去，恰巧看見樹邊一座小小的高腳小木屋裡，伸出一雙白生生的小手，把那個雞窩一般大小的屋門關上了。

女子緊張地搖了搖丈夫的衣袖，示意它看看，但它的夫君只是安撫地拍了拍它的手掌，「麗娘，這是好地方，不必害怕。」它的丈夫說道。

忽有一隻貓從樹下的石桌上轉過來，那隻貓隱在暗處，混沌一片看不清毛色，只有一雙眼睛在黑暗中綠瑩瑩地亮著光，它弓著背，「喵嗚」一聲，似乎要撲過來。

名叫麗娘的女子忍不住「哎呀」了一聲，讓前方領路的袁香兒停下腳步，開口阻止道，「烏圓，這兩位是客人。」

那隻貓瞇起眼睛，竄到樹冠中消失不見，黑暗中依稀傳來一道男子的輕哼聲。

袁香兒將兩人領進客房，「想必兩位餓了吧，在這裡稍坐一下，我去為你們準備飯食。」

麗娘本想客氣兩句，但不知道為什麼，聽見袁香兒說了這句話後，腹中突然傳來一陣強烈的饑餓感。

上一次吃東西是什麼時候，我有多久沒吃飯了？它疑惑地想。

「那就勞煩妳了，我們一直在趕路，肚中實在是空泛得厲害。」它有些不好意思地和袁香兒道謝。

這位年輕的主人雖然同意它們借住的請求，卻一直十分冷淡地保持距離，讓它有些侷促不安，可是它確實走了太久的路，又餓又累，難得遇到如此溫暖明亮的地方，也顧不得那麼多，只能厚著臉皮在這裡借住一晚。

袁香兒轉身出去，不多時端進一個托盤，盤上擺著兩碗堆得高高的米飯和六碟菜餚果品。她將插著筷子的米飯和菜餚擺在麗娘夫妻面前，又在屋角的香案上點燃三支香，搖熄了明火，插進香爐中。

「請自便吧。」她向那對夫婦點了點頭，帶上門出去了。

「好香啊，夫君快來。」麗娘高興地拉著丈夫在桌邊坐下，「夫君，你餓不餓？我著實餓得有些慌，咱們快吃吧？」

它的丈夫在它身邊坐下，用一種溫柔寵溺的目光看著它，拾起筷子，不斷將桌上好吃的食物往它的碗裡夾。

自嫁入夫家之後，它們夫婦恩愛，琴瑟調和。只是最近這段時間，夫君似乎對它分外憐惜，不僅一直陪在它的身邊，還時常握著它的手，用一種眷念不捨的眼神看著自己。

麗娘心中甜蜜，卻莫名有些酸楚，它拿起筷子給自己的丈夫布菜，「真是好吃，主家的那位姑娘雖然看起來冷冰冰的、不愛說話，其實是個好人，為我們準備這樣豐盛的飯菜，明日我們可得好好謝謝她。」

「嗯，我們得好好謝謝她。」它的夫君說道。

它們很快吃完了飯食，攜手躺在床榻上。

「啊，真是舒服，辛苦了這麼久，終於可以好好休息一下了。」麗娘躲在暖和的被褥中，和丈夫手握手，額頭抵著額頭，悄悄說著話，「夫君，你不覺得這個地方和那位姑娘，都有些奇怪嗎？你看見沒有，她一直抱著一隻白色的狗子，那隻狗子好像受了傷，皮毛脫落得一塊一塊。但它看人的眼神真的冷，就像……山裡的狼一樣。明明是那麼小的狗子，只是被它看一眼，我就冷得直打哆嗦。」

「沒事的，麗娘，妳什麼都不用怕，放心，還有我呢。」它的丈夫伸手把它摟在懷裡。

是的，有夫君在，我沒什麼好擔心的。麗娘躺在溫暖的床上，靠在丈夫的胸膛，感到一股前所未有的安心，「我們這麼久沒有回去，不知道佑兒有沒有想我們，明天一定要早點趕回家裡去。」它的聲音漸漸低沉。

不知道從哪兒傳來一股清泠的鐘聲，伴隨著女子低低念誦經文的聲音，時遠時近，空靈縹緲，彷彿能夠治癒人間一切苦厄，淨化世間所有汙濁。

「夫君，你有沒有聽見，有人在誦經呢。」麗娘閉著眼睛呢喃，「這個地方好舒服，我要好好地睡一覺。」

它好像忘記了許多事，但這時候的它已經不願再去細想。

「妳辛苦了，麗娘，安心睡吧，佑兒有我看著，妳只管安心休息就好。」

熟悉的聲音在她耳邊響起，麗娘覺得自己被溫熱和舒適包圍著，就像泡在最暖和的溫泉中，身體輕飄飄的，舒舒服服向上飛起。

袁香兒盤膝坐在一張蒲團上，輕搖手中小小的帝鐘，默默念誦往生咒。

清泠的鈴聲和誦咒之聲響了一整夜。

寅末時分，天色將明未明。

蜷在她腿邊的天狼，突然睜開了琥珀色的眼睛，看向屋門的位置。本應在客房中的那位男子，此刻卻出現在屋門前，它面有悲色，雙手交握，深深向著袁香兒行了一禮。

袁香兒結束咒文，抬起頭來看它，「韓大夫，你，不記得我了嗎？」

當時年幼的她才剛來到闕丘鎮不久，和鐵牛、大花一行人在東街口的永濟堂前玩耍，不慎踩著泥坑摔了一跤。

一位年輕的大夫蹲在她的面前，「妳是自然先生新收的小徒弟吧？小女娃娃摔倒了卻沒有哭，很厲害呢。」

他笑著給袁香兒摔破皮的膝蓋塗了點草藥，還把清清涼涼的秋梨糖分給每個孩子。

「韓大夫真好，我長大要嫁到他家做娘子。」流著鼻涕，穿著開襠褲的二花說道。

「瞎說什麼，不害臊。」大花扭了妹妹的胳膊一下，「韓大夫已經說親了，要娶青石巷的阿麗姐姐做妻子，哪輪得到妳這個小鼻涕蟲。」

當時的韓大夫還十分年輕，眉眼中帶著溫和的笑容，並不像如今這樣面有淒色，陰陽相隔。

「超渡之恩，無以為報，如何能以年歲論資輩，小先生當受我一禮。」韓睿遠遠地站在屋角的陰暗處，「拙荊心中掛念幼兒，一直渾渾噩噩，行走在陰陽之間，不得解脫，今日辛得先生出手相助，方才得以往生，韓某感激不盡。」

院中響起雄雞的鳴叫聲，天色微曦，那位躬身行禮的男子的身影漸漸變淡，最後消失不見。

袁香兒低垂著眉目在位子上靜坐許久，終於輕輕嘆了口氣，回到臥室休息。

奔波了一整天，又熬了大半個通宵的她很快熟睡了。

天色漸明，清晨的陽光透過窗戶曬在她身上的被子上。

一個銀白的小腦袋悄悄地從炕沿的墊中抬起。

在這樣寂靜無人的時刻，南河終於得以安心地看一看睡在不遠處的那個人。她看起來很疲憊，眼下帶著一片黑青色，秀氣的眉頭在睡夢中微微皺在一起，這個人總是這樣的溫柔，不僅毫無所求地救了自己，還耗費了一整夜的時間來超渡那兩個孤魂野鬼。

此刻她的手枕在臉側，白嫩的手指安靜地停滯在南河的眼前，它湊近了一點，動了動小鼻子，鼻尖依稀聞到一股和自己身上一樣的淡淡藥味。

小狼的眼神變得柔和，昨日就是這隻手指沾著藥膏，一點點驅散了它肌膚上火辣辣的疼痛，也是這雙手把冷得打顫的它圈在懷裡，端著精緻的小碗，餵它喝了香濃的雞湯，她喜歡摸自己的耳朵，左摸右摸，不肯撒手。

每當自己在痛苦的深淵中掙扎的時候，這雙手總能及時出現，將自己一把撈出來。她站在樹下張開懷抱，「小南，來，跳下來，我接著你。」於是自己就閉上眼睛，向著她跳了下去。被她一把接在溫暖的懷裡，帶出那個孤獨冰冷的樹洞，帶回熱鬧溫暖的巢穴裡。

南河突然想伸出小舌頭，舔一舔那微微泛紅的指尖。

它被自己的想法嚇了一跳，急忙移開視線，目光落到白皙的脖頸上，那薄薄的肌膚下埋著血管，經不起利齒，輕輕一咬就會折斷，明明是這樣脆弱，但它不知道這個人類為什麼敢用這麼柔弱的身軀，站在自己的身邊，堅持和它一起面對老者、厭女這樣的大妖。

那脖頸再上去是如雲的長髮，白生生的一隻耳朵從烏黑的長髮中露出來，耳垂飽滿，薄薄的耳廓透著肉色。

這樣的耳朵摸起來是什麼感覺？南河心想，可能特別軟，還有點微涼。

它伸出毛茸茸的小爪子，想要悄悄靠近，還來不及碰到又匆忙地縮了回去，把頭埋回墊子裡，心臟怦怦直跳。

難怪那個人那麼喜歡摸別人的耳朵。

袁香兒的睫毛動了動，在睡夢中翻了個身。她在迷迷糊糊中看見蜷成一團，用尾巴對著自己的小毛球，於是伸手摸了摸它的尾巴。

第十三章 執念

袁香兒睡到日上三竿，才勉強爬起來吃早飯。

雲娘給她端上熱好的清粥小菜，她卻懨懨地趴在飯桌上。

「小南回來了呀，怎麼受傷了？看起來好像挺嚴重。來，這份牛乳給你喝。」雲娘將一碗熱牛乳擺到它面前。

南河爬到袁香兒身邊的桌面上，伸出小爪子撥動碗沿，把碗撥到袁香兒的面前。

袁香兒把下巴擱在桌上，將那個碗推回去，「你喝吧，我也有呢。」

「香兒，妳昨天是不是一整夜都沒睡？快天亮的時候，我好像還聽見帝鐘的聲音。」雲娘看著她無精打采的模樣，也給她端了一碗牛乳，「妳還小呢，不可以那麼晚睡。」

「對不起師娘，是不是吵到您休息了？」袁香兒道歉。

「那倒是沒有。」雲娘擦了擦手，笑著在桌邊坐下，「說起來，阿瑤當年也時常這樣，獨自在房間內念誦一整夜的咒文。我聽著那聲音，反而覺得很親切，彷彿回到妳師傅還在家的日子。」

袁香兒回想起當年生活在師傅身邊的時光。師傅余瑤是一位特別熱心的人，不論是驅祟避邪、揲蓍問卦、鎮宅點穴，只要有人求到他面前，基本沒有不應的。每天都忙忙碌碌、熱熱鬧鬧，鎮上的人也都對他們家特別親切且尊敬。

現在想想，師傅有可能未必是人類，但他卻生活得如此有煙火氣，彷彿比自己還更像一個人。

袁香兒秉承了穿越之前的生活習慣，除非是已經發生在自己眼前、不得不做的事，她一般不會多管閒事，畢竟在她生活過的那個時代，社會風氣更加注重自我和個人，就連路邊有老人家摔倒，大家都不一定敢上前攙扶。

但如果換做是師傅的話，遇到韓睿夫婦的事，應該也不會像她這樣撒手不管吧。

想起昨夜見到韓大夫的一縷神魂，袁香兒總覺得有些心神不寧。

她可以清晰地看見韓睿的身上，籠罩著一層淡淡的功德金光，這可能是它生前懸壺濟世、行善積德的緣故。正因為有了這層金光護著，使它和大部分渾渾噩噩的亡靈不同，它有著生前完整的記憶，思維清晰，行動自如，並不像它的妻子麗娘那樣，可以輕易地用往生咒消除心中執念，渡入輪迴。從它離開時的神情來看，只怕它還徘徊在人間。

即便是心地再淳厚的人，如果看見如今的永濟堂，再聽說自己孩子的遭遇，還不知道會發生什麼樣的變故。

韓睿昨夜滿面淒色的模樣，和從前那文儒雅的笑顏，反覆出現在袁香兒的腦海中，導致她一整個下午不管做什麼都不利索，擔水擔灑了，劈柴劈歪了。

忍耐到夜色昏暗之後，她再一次來到永濟堂的附近。

不過是一夜時間，永濟堂屋頂上的那隻蠹魔，竟然又變大了一圈。

此刻那隻混沌汙濁的魔物，正昂起皺巴巴的頭顱，口中叼著一個打橫的人類魂魄。

那人伸出蒼白的手臂，勉力掙扎反抗，魂魄的輪廓在絲絲潰散，顯然快要支撐不住，一層淡淡的金色光芒時不時在它身上亮起，卻又很快地被那隻魔物發出的黑氣驅散，它束在頭頂的長髮散落開來，露出了痛苦且絕望的面容，正是韓睿。

屋簷之下，街燈璀璨，往來人群談笑自如，無一人看得到近在咫尺的慘劇。

袁香兒大吃一驚，顧不得其他，閃身在街邊的小巷中，凌空祭出一道金光神咒符，口頌法訣：「天地玄宗，萬氣本源，金光速現，降魔除妖，急急如律令！」

灼目的金光從符籙中劈出，直照在蠹魔臃腫的身軀上，但凡金光所照之處，像被燒灼一般地作響，冒起陣陣青煙。蠹魔扭動身軀，發出尖銳刺耳的叫聲，丟下了口中的人類魂魄，迅速轉身消失在宅院深處。

「咦，剛剛是不是有光閃了一下？」

「是打雷嗎？大晴天的，還看得見星星呢，真是怪事。」

路人錯愕地紛紛抬頭，議論著剛剛一閃而過的金光。

韓睿的身體從屋簷上滾落下去，掉落在街邊，它面目蒼白，形體似散非散，幾次想伸手從地面撐起身軀，都無力為續。

「韓大夫。」袁香兒小心地把它扶起來，趁著人群紛亂，把它帶離此地。

回到家中，她即刻著手繪製一套聚靈陣，將那個幾乎就要潰散的魂魄安置在陣法中，自己盤膝坐在陣邊，接連念誦了數遍的安魂咒，讓倒伏在陣中的身影漸漸穩固清晰了起來。

「又是您救了我。」韓睿在陣法中掙扎著坐起身，攏袖遮面行了一禮。

「韓大夫，」袁香兒蹲在它的面前，「你一生行善，福報深厚，若是捨棄執念，步入輪迴，必定能有好的歸宿，何必這樣流連在人間。那麼大隻的食怨獸，想必你也看得見，為什麼還要冒險靠近？」

韓睿垂下眼眸，長髮披散，容色慘澹，身軀呈現半透明狀態，「先生所言，本是金玉良言。只是犬子不知所蹤，生死未明。我為人父母，又如何能放心得下。永濟堂……是我和麗娘一生心血所在，本是救死扶傷之處，卻被怨魔侵占，汙穢橫生，掌櫃私改配方，以次充好，枉顧人命，又如何能夠讓我離去？」

袁香兒思索了片刻，「我可能知道你兒子的下落，你在永濟堂找不到他的，不如明天隨我一道，去天狼山上打聽打聽。」

上一次阿臘說過在天狼山撿到人類的小孩，正好和韓大夫的兒子走失的時間接近，袁香兒覺得可以去阿臘那裡看看情況。

「它去不了天狼山，」錦羽從它的吊腳小屋內伸出腦袋來，「它，它已經快散了，太陽一照，就該沒了。」

烏圓趴在樹枝上「哼」了一聲，「你這隻無毛雞懂什麼，即便只是魂魄，也不是太陽曬一曬就會消失的啦。」

「可是人類不一樣，人類的魂魄很脆弱。」錦羽扶著門探出半邊身體，「我在人類的村裡，見過許多像它這樣的人類魂魄，太陽一出來就化成氣泡不見了，除非……」

「除非什麼？」袁香兒問。

「除非給它找一個容器。」

「容器？你知道需要什麼樣的容器嗎？」

「就是能把它裝在裡面的東西。」錦羽比劃了一下，「有眼睛、鼻子，和人類長得很像的東西。」

袁香兒大概明白了它的意思，從屋裡找來一對曾經在集市上買回家的福娃。陶瓷燒成的娃娃，一男一女，白白的臉蛋，笑盈盈的眉眼，雙手兜在袖子裡，神態可人。

她把男的陶瓷娃娃擺到韓睿的面前，「韓大夫，你試試看？」

韓睿的身形消失了，那個瓷人的眉眼和神色卻突然變得鮮活起來，雖然還是那副攏著袖子、瞇著眼睛的模樣，卻彷彿真的會呼吸、會微笑，栩栩如生，宛若有神。

「是的，在這裡面讓我感到好多了。」韓睿的聲音從瓷人裡面傳來，「多謝你，錦羽。」

「咕咕咕。」錦羽發出一連串的咕咕聲，得到了人類的感謝，它似乎覺得十分開心。

「喵，真是有趣，原來人類也可以變身啊，變成這麼小的樣子了。」烏圓繞著比自己小了許多的陶瓷小人來回轉了好幾圈，好奇地想要伸出手去扒拉。

袁香兒怕它失手把人像打碎了，急忙攔住它，伸手把兩寸大小的瓷人托起來，和案桌上的另一個瓷人擺在一起。

臨睡前，她和案桌上的韓睿道晚安，「韓大夫，好好休息一夜。我一位朋友那裡可能會有小公子的下落，明日我帶你一起去尋尋看。」

昏暗中傳來韓睿輕輕的回應聲。

袁香兒轉身離去之時，回頭看了一眼，小小的韓大夫靜靜站在那裡，另一個穿著衣裙的瓷人眉眼彎彎地陪在它身邊，兩人肩並著肩，彷彿昨日雙雙進入庭院中的模樣。

這位父親安撫妻子放下執念、轉世輪迴，自己卻無法割捨對孩子的牽掛，形單影隻地滯留在已經不屬於自己的世界，不顧危險地闖入被蠹魔占據的藥鋪，想要尋找孩子的下落。

第二日一早，袁香兒收拾必備的用品，和雲娘辭別。

「師娘，我去阿臘家裡玩，她住得有些遠，我今夜不一定回來。」

雲娘向來不干涉她的行動，只為她打包了厚厚的一疊糕點，「每次她來都帶著禮物，妳也帶一些我們家的點心去給她，代我向她問聲好。」

南河的身體依舊十分虛弱，天狼山裡又有許多想要對它不利的妖怪，不適合一起出門，袁香兒把它連同墊子放在一個竹籃裡，交託給雲娘。

「小南不吃別人碰過的東西，也不用別人用過的碗筷，這是它吃飯用的碗，這個是它喝水用的。」袁香兒拿出南河的日常用具，一一交代。

「它身上的藥等我回來再換，別讓它碰到水。白天如果有太陽，讓它在院子裡曬一會兒，但是別把它和小黑牠們放在一起，一定要單獨放在乾淨的地方，用墊子墊著，它身體還很弱，不能著涼了。」

她絮絮叨叨地交代了不少事情，還是不放心，蹲下身，在南河的墊子上放了一張折疊好的符籙，悄悄對它說，「這是傳音符，可難製作了，我只有這兩枚而已，向裡面注入靈力之後，你說的話都能傳遞到我那裡，只能用三次，要是有什麼事，你就用它聯繫我。」

南河默默低著頭，伸出爪子把三角形的符籙扒拉到自己身體下壓著，扭過腦袋不再看她，也不看停在她肩上、那隻趾高氣揚的貓妖。

「乖乖聽師娘的話，好好養病，我很快就回來了。」袁香兒摸摸它的腦袋。

「行啦，我會照顧好它的，肯定對它比對妳還要好，妳就放心吧。」雲娘笑著把她送了出去。

袁香兒背上背著個竹筐，竹筐裡放著韓睿寄身的瓷人以及上山需要的用品，肩上停著烏圓，揮手告辭離去。

「好了，就剩下我們倆了，小南中午想吃點什麼？」雲娘把裝著南河的籃子捧起來，「香兒說你愛吃羊肉，給你燉羊肉湯吧？」

她看見籃子裡那隻垂著耳朵、看起來無精打采的狗子，輕輕點了一下腦袋。

「我們小南真是聰明，好像聽得懂一樣，難怪香兒那麼喜歡你。」雲娘提著籃子向廚房走去，「你不知道呀，你不在的這段時間，香兒可難過了，天天念叨著你，她把你之前用過的東西都好好收著，不讓烏圓它們碰，還經常拿出來曬一曬太陽。」

籃子裡的白色狗子飛快地豎起了耳朵，琥珀色的眼珠一動不動地看著她，一字不漏地認真聽著。

戴著銀色的尖嘴面具的式神在前方飛馳，寸許高的身體底部抽出一條銀絲，所過之處留下了長長的銀色光線，隨著它不斷前進，那具身軀像是脫了線的毛衣一般，從腿部開始一圈一圈地減少，眼看著雙腿和身軀消失，戴著尖嘴面具的頭部也只剩下少少的一點，最後消散在空氣中。

袁香兒順著它留在道路上的銀色光線，穿行在冬季的原始森林中。她用虺螣當初待過的那個竹籠所遺留下的氣味，召喚式神來尋找虺螣的住處，可由於時間已經離得有些久遠，虺螣留下的氣味過淡，進山的路程又太長，在沒有找到虺螣準確位置的時候，式神已經失去效應。

只能先在附近找找看了。

正午時間，驕陽當空，即便行走在枝葉繁密的叢林中，依舊可以感到陽氣灼灼。

袁香兒有些擔心藏身在背簍中的韓睿，「韓大夫，感覺怎麼樣？陽光這麼大，需不需要避一避？」

「多勞顧忌，我並無大礙，自從進入這個山林，在下的靈體好像越來越穩固了。」韓睿的聲音從身後傳來。

烏圓蹲在背簍的頂上，伸出爪子把蓋在裡面的韓睿扒拉出來陪它玩，「這裡已經是天狼山靈界了，靈力之充沛，非人間可比，最適合它這種靈魄滋長，不過在這裡以魂魄為食的噬魂獸也很多。要將它看好了，別一個不慎被哪隻魔物給叼走了。」

三人這裡說著話，一個鏤空的金球從灌木林中滾出來，正巧停在袁香兒的腳邊。袁香兒彎腰將它撿起，這是一個蝶戲牡丹的鏤空黃金球，製作十分精巧，內裡裝著一個小小的金鈴，滾動起來的鈴聲清脆，金黃的外表被摩挲得橙黃流光，顯然是有人天天拿在手中把玩。

這是闕丘鎮中流行的一種玩具，用藤條編織成球體，裡面裝上一個響動的鈴鐺，精細一點的人家還會將編織的藤條染上顏色，或是在內部懸掛上彩色的羽毛，使得滾動之時五彩斑斕，叮噹作響，十分有趣。袁香兒的家裡就有好幾個，有些還是她幼小的時候余瑤親手給她編的。

但畢竟只是兒童玩具，像是這樣用黃金精工細作的已經很少見了，想必是大戶人家孩子的手中玩器。

「還給我，那是我的東西。」一個聲音從樹林後響起。

袁香兒抬起頭，看見一個不到十歲的小女孩，站在一棵掉光樹葉的老槐樹下，白白的小臉，漆黑的瞳孔，披著一件薄而柔滑的小斗篷，赤裸著雙腳站在雪地裡。

雖然外表像是人類，但在這樣的深山，身穿怪異的衣著，不太可能是人類的小孩。

但袁香兒還是把那枚金色的小球遞給她，女孩伸出白生生的雙手接住了，她的手指頭圓嫩白皙，沾了一點點泥土，無論怎麼看都還只是個孩子。

「人類到這裡來做什麼？」女孩的聲音宛如成年女性，聽起來餘韻悠長，冰涼而冷淡，和它小小的外貌一點都不相稱。

「我來找一個朋友。」袁香兒說，「它的名字叫虺螣，請問妳知道它住在哪裡嗎？」

「虺螣？」那女孩漆黑的雙眸注視了袁香兒片刻，最終伸出一隻白嫩嫩的小手指著前方，「從那個位置轉過去，很快就能看到了。」

袁香兒真誠地和它道了謝，在轉身準備離去的時候，回頭看了它一眼。

小小的女童站在覆蓋霜雪的枯枝下，穿著一身像是蝶翼一般輕薄而滑順的短短斗篷，裸露出手臂和雙腿，一雙小腳踩在寒冷的雪地裡。

像是錦羽那樣時常混跡在人類世界，或是像烏圓那樣從小受到家人精心照顧，熟知人類的生活習性，就很擅長在變化為人形的時候，為自己準備一套精緻漂亮的人類衣物。但如果是遠離人間界，離群索居的妖魔，可能就弄不清人類裡三層外三層的衣物穿戴方式，即便變化成人形，也可能隨便用一件斗篷遮體了事。

「妳這個樣子冷不冷呀？」袁香兒問。

儘管這個小小的女孩只是一個妖精，但袁香兒看著它這副孤單的模樣，衣著單薄且赤腳站在雪地裡，不免替它覺得冷，於是摘下自己頭上的羊絨風帽，戴到了小女孩的頭上。

這種帽子邊緣有一圈絨毛，側邊一對護住臉頰的帽耳，底下還掛著兩個白色毛球，十分暖和。

「走了啊，謝謝妳了，小妹妹。」袁香兒揮手告別，鑽進了小女孩指點的那條道路。

女孩站在雪地上，伸出小手摸了摸戴在腦袋上的帽子，帽子對它來說有些大，熱呼呼的，留著那個人類的體溫，並沒有聞到想像中，那股令人討厭的臭味。

「阿厭，不是說要吃了那個人類嗎？」地底下傳來低沉暗啞的聲音，白雪慢慢升起，出現一個身形十分巨大，由岩石雪塊堆積成的人形魔物。

小小的女孩高高坐在石人的肩頭，蕩著光溜溜的雙腳，興致勃勃地撥弄帽子上掛下來的絨球。

「算了，看在帽子的份上。」

「可是阿厭，我已經很餓了。」

「走吧，我們去找老虎來吃，野牛也可以。人類有什麼好吃的，又臭又只有那麼一點點，還不夠塞牙縫。」

並不知道自己躲過一場浩劫的袁香兒，順著女孩的指點轉過山路後，烏圓才小心翼翼地從籮筐裡冒出它的小腦袋，左看右看，悄悄說道：「阿香，剛剛那位好恐怖，妳都不害怕嗎？」

「剛剛那位是很厲害的妖怪嗎？看不出來啊，它才那麼一丁點大。」

「不不不，它一點都不小，好大一隻，把我都嚇著了。」烏圓的天賦能力是眼睛，能看透一切變幻，直指真實。

袁香兒把後背的籮筐抱到胸前，安撫地摸了摸它炸了毛的小腦袋，「沒事，不管是不是厲害的大妖，我覺得它還是挺親切的，你看前面，它果然沒有騙我們。」

烏圓抬頭望去，在那層層雪松深處，隱隱透出一帶黃泥砌成的矮牆，牆頭的茅草上壓著皚皚白雪，裡面數間木屋，屋頂的煙塵升起裊裊炊煙。一般只有人類居住的地方，才需要準備一日三餐，因而會有炊煙的出現。

袁香兒小心地走進那間屋子，敲響竹門，「請問有人在家嗎？」

「來了，來了，是誰呀？」熟悉的聲音帶著笑意應門，院子內轉出虺螣笑面如花的容顏。

「阿香，怎麼會是妳？快進來。」虺螣又驚又喜，把袁香兒讓進屋中。

進了虺螣的臥房，袁香兒好奇地四處打量。

屋子雖然小巧，但床榻、屏風、桌椅、銅鏡臺一應器具擺放得簡樸雅致，打掃得一塵不染，案桌上還擺著一個松竹紋玉壺春瓶，瓶口插著一枝綻放的紅梅，襯得雅居暗香浮動，野趣凌然。

「妳這裡還真是像模像樣，別有風味啊。看不出來，妳還挺會過日子的。」袁香兒在屋內的木桌前坐下。

「妳知道的，我們蛇族在冬天都特別懶怠，一絲一毫也不想多動，哪能折騰這些。」虺螣難得不好意思地咳了一聲，「我這不是養了個人類的幼崽嗎？就想著好歹倒騰一些人類的傢俱過來，本來也只是隨便堆著，誰知道那隻小東西卻很勤快，都是他……咳。」

正說著，一個八九歲的少年端著茶盤，掀開屋簾進屋，他穿著一身月白色的長袍，滿頭黑髮整齊地梳在頭頂，同樣用月白色的髮帶束起，肩上帶著塊黑紗，顯然正在熱孝之中。

他面容消瘦，身上帶傷，額角上貼著一塊紗布，手腕和脖頸上也露出明顯的爪痕，但神色還算平靜。

袁香兒心裡「咯噔」一下，想著這位或許就是韓大夫的兒子韓佑之了。打從他出現之後，袁香兒的背簍就微微晃動了起來，袁香兒將安置在背簍中的陶瓷小人捧出來，放在桌面上，讓附身在上面的韓睿，能好好看見那位少年的容貌。

那位少年默默把一杯熱氣騰騰的茶水，擺到袁香兒和胐朧的面前後，又放上兩盤以各種果乾拼成的攢盤，甚至還體貼地把一盤小魚乾和一小杯茶水，擺在烏圓的面前，顯然他已經很習慣一些非人類的客人前來拜訪。小小年紀的他在做完所有動作，就懂事地默默行了禮退下了。

那陶瓷的小人依舊是那副面容光潔，眉目彎彎，微躬著身的模樣，幾乎不用烏圓解說，袁香兒都能從那細細的眉眼中看出一股濃烈的情緒，彷彿那小小的瓷人就要從桌角上跌落，追著退出屋子的少年而去。

「妳帶來的這個東西是什麼？」胐朧坐在袁香兒對面，打量著桌上的韓睿，「好像是在人間界才比較常見的鬼物。」

「它是我的一位朋友。」袁香兒避開話題，打算先弄清楚情況，「阿朧，那位人類的少年是怎麼來到這裡的？」

「妳說小佑啊。」飕朧看了屋門的簾子一眼，「他的父母都死了，天天被同類、也就是你們人類欺負，住的地方被占去了，只能輪流寄居在親戚家，那些親戚對他不太好，每天不是打就是罵，連飯都不給吃，在大雪天打發他到山裡來砍柴，因為遇到野獸而從山上滾下來的時候，剛好被我撿到了，就住在我這裡。」

聽著這些話語，原本那微微晃動的小瓷人漸漸沉靜了，就那樣安安靜靜地佇立在桌面上，彎彎的眉眼，瓷白的小臉，反而讓袁香兒忍不住有些心酸。

「但這個孩子畢竟是普通的人類，不適合一輩子都活在妖魔的世界裡。」袁香兒開口說道，「而且，上次我們也討論過了，妳真的有準備好要收養一個人類孩子了嗎？」

韓睿是韓佑之的父親，從一個父親的角度考慮，它肯定不希望兒子一生都沒有同類，沒有伴侶，作為一個柔弱的異類，永遠生活在妖魔的世界裡。

同時，對飕朧來說，作為一個生命接近無限長久的妖魔，耗費精力和情感來養大一個人類的小孩，眼睜睜看著他在極短的時間內長大變老及至死亡，也未必是一件愉快的事情。

就好比叫人類真心實意地去收養一隻可愛的寵物，卻要在幾天內看著牠由幼小到老死一樣，想必沒有人會願意主動接受這樣的飼養經歷。

「是的，我本來聽了妳的建議，覺得確實不適合長期把他收留在這裡，想將他送回人類的世界。」虺螣迴避了袁香兒的眼神，隨後又沮喪地轉過頭來，「我保證，我試了好多次，可惜都失敗了。」

它喝了口茶水，掩飾自己的尷尬，「妳知道嗎？他真的很萌、很可愛，小小一隻，毛髮又柔順，還特別乖巧，會打掃屋子，又會做好吃的。我就想著再養他幾天，再養幾天，結果一直拖到了今日……好吧，妳明天就幫我把他帶回去吧。」

門外傳來「哐噹」一聲響動，是鍋盆失手掉落的聲音，一串小小的腳步聲跑動著離開了。

坐在桌邊的虺螣立刻把雙腿變成了蛇尾，一下游動到了門邊，掀起門簾就出去了。

袁香兒帶著韓睿一起走到門邊，掀起門簾的一角，看見院子的遠處，虺螣正打轉在那位韓小公子的身邊哄他。那位一身白衣的小小少年低垂著眉眼，一手持著鍋鏟，一手抹著眼淚。

袁香兒臆測虺螣的那句「妳明天就幫我把他帶回去」，已經不算數了。

第十四章　親情

由於路途遙遠，又下起了雪，袁香兒打算在颵膢家中留宿一夜。

等兩個女人聊得盡興，想起準備晚飯的時候，那位九歲的小小少年，已經燒好了碳火銅鍋，準備好各式食材，還燙了一壺小酒，邀請他們上桌圍爐。

屋外北風捲地，暮雪紛紛，千山寒霧，萬里凝霜。

這種時候能圍坐在桌前，同好友吃著熱騰騰的火鍋，品上兩口小酒，可以算是人生一大樂事。

雖然阿膢在烹飪上不拿手，但可以看出在準備食材上還是盡到了養育孩子的責任，桌上不僅有牛、羊肉，還有從山中收集來的各類菌菇、冬筍、棗類及果乾。

袁香兒看見桌上擺著各種洗淨切好的蘑菇，就想起了一件趣事。

「自從妳上次給我們家送松茸，被南河看見後，它也學著經常往我家的門口堆各種小蘑菇，有毒沒毒，能吃不能吃的都混在一起，哈哈哈，幸虧沒把我毒死。」

「小南不像我在人間住了那麼多年，它哪裡知道你們人類是多麼的嬌氣，只要吃錯一個蘑菇，都有可能丟了小命。」阿膢一邊說著，一邊動作敏捷地把涮好的食物往韓佑之的碗裡堆。

「這麼說來，小南又回到妳的身邊了？妳是怎麼讓它回來的？」阿騰舉杯就唇，笑語盈盈，兩杯清酒下去後，使她本來就豔麗的容顏更添了三分嬌媚。

袁香兒哈哈一笑，做了一個凶狠的表情，「按妳說的呀，用術法捆住它，直接把它拖回家。」

正在吃飯的韓佑之似乎被嚇了一跳，他躲在阿騰的身後，輕輕拉了拉它的衣袖。

「沒事，沒事，香兒她只是開玩笑，」阿騰連忙安慰他，「香兒姐姐可溫柔了。」

「她好可怕，我不要和她回去，阿騰姐，讓我留在這裡，我天天煮好吃的給妳。」清瘦的男孩柔弱膽怯，無枝可依，楚楚可憐。

「好的，好的，小佑就留在這裡好了。」阿騰已經喝多了。

一身白衣的少年從阿騰身後露出臉來看袁香兒，阿騰看不見他的面容，但袁香兒卻看得一清二楚。這位少年並沒有像他在阿騰面前表現得那樣弱小無助，他看著袁香兒的眼神充滿著戒備和警惕。

原來是個白切黑啊。

雖然韓佑之年紀還小，但袁香兒感覺阿騰有可能已經不是這個九歲少年的對手。

人類的生命固然短暫，卻幾乎是這個大陸上心思最為複雜的生物。相比之下，生命漫長且力量強大的妖魔們，反而來得單純許多。

阿騰酒量不好，還十分貪杯，沒多久就露出了尾巴，軟綿綿地趴到桌上動不了了。

袁香兒和韓佑之一起將阿騰扶上床榻，再出來的時候，那位年僅九歲的少年已經開始馬不停蹄地收拾碗筷。

他謝絕了想要幫忙的袁香兒。

「不必了，妳只是客人，不勞妳操心。」韓佑之的態度冷淡而疏離。

袁香兒在一旁坐了下來，看著眼前的少年，八九歲的年紀，清瘦的四肢，手指上帶著凍傷和老繭，收拾碗筷的動作麻利而嫻熟。

「你年紀輕輕，倒是挺能幹的啊，晚上的火鍋很好吃，辛苦你了。」

韓佑之瞥了袁香兒一眼。坐在對面的女孩肌膚白皙，手指瑩嫩，披著保暖的皮裘，脖子上還套著個瓔珞項圈，顯然是一個在長輩的愛護中長大的孩子，自己也曾經有過那樣的歲月。

他收回了自己的眼神，「這些事只要做得多，自然就會了。」

「你真的想留在這裡，不回去了嗎？這裡畢竟是妖魔的世界，而你只是一個人類。」袁香兒說。

「妖魔又如何？比起那些恨不得吸了我的血的親戚，它們更像我的同伴。我寧可和它們生活在一起。」韓佑之冷冷地看了袁香兒一眼，「妳呢？妳也是人類，為什麼到這裡來？」

這位小小的少年瞇起眼睛，帶著濃厚的猜忌和懷疑，「妳是一個術士，我知道你們術士都想抓住妖魔，像奴僕一樣使喚它們，就像妳的這隻貓妖一樣，不過阿騰姐的身邊有我在，我不會讓妳得逞的。」

真是一點都不可愛的小孩，袁香兒看在韓大夫的面子上勉強沒有發脾氣。

烏圓從裝著小魚乾的盆子裡抬起頭來：「喵？無知的人類，本大爺是來人間玩耍的，你才是奴僕，你們全族都是奴僕。」

只有韓睿還站立在桌面上，眷念地看著在自己眼前忙碌的孩子。

「佑兒，佑兒。」它輕輕呼喚。

它的孩子臉龐消瘦，近在咫尺，自顧自地收拾桌上的殘羹，對它的呼喚毫無反應。那雙握過筆桿的小小手掌，如今遍布傷痕和老繭，正麻利而飛快地忙碌著。他額頭上貼著紗布，脖頸上有著傷痕，小臉瘦了整整一大圈，身高也變高了，似乎在短短的時間內，就從一個無憂無慮的少年，蛻變得堅毅穩重且面面俱到了起來。

「你娘親自小對你百般寵溺，從來都不捨得讓你碰半點粗重活計，從前我總擔心你太過嬌慣，難以自立，想不到我們不過離開一年，你卻什麼都會了。」

「都是爹不好，爹沒有保護好你娘，也無法再護著你長大。」

韓睿的心中充滿愧疚和疼惜，恨自己不能伸出手，將許久不見的兒子緊緊抱在懷中。

可惜如今人鬼殊途，他寄居在這個冰冷僵硬的軀殼中，不僅無法觸摸到孩子柔嫩的臉蛋，給孩子一個溫暖的擁抱，就連自己的連聲呼喚，都沒辦法讓眼前的兒子知曉。

好在還有袁香兒能夠聽見它的聲音。

「小佑，我是一個術士，術士能溝通陰陽，同時我也是你父母的朋友。你父親他託我……來看看你。」袁香兒看了韓睿一眼，按他的意思說話。

少年拿著碗碟的手瞬間頓住了，他愣了愣，咬住嘴唇別過臉去，「妳騙我。」

韓睿昂頭看著站在眼前的孩子：「佑兒，她沒有騙你，爹爹很想你，那一日答應給我兒買回一盞元宵花燈，最終卻食言了，爹爹心中實是有愧。」

袁香兒：「我沒有騙你，你父親很想你，那一日它答應給你買一盞元宵花燈，卻沒有辦到，它心裡一直很內疚。」

一直表現得成熟穩重的少年，眼眶驟然紅了，「真、真的嗎？妳見到了我父親……父親還留了什麼話給我？」他低著頭，瘦弱的雙肩微微顫抖著，像是真正的九歲孩子一樣難過了起來，「父親是不是覺得我很沒用，我沒有守住永濟堂，甚至躲進了山裡，不想再見到那些惡人，父親一定對我很失望。」

他淚水模糊的目光恰巧落在桌上的瓷人身上，明明是一動不動的陶瓷人偶，僵硬的臉蛋，凝固的眉眼，卻不知為什麼，韓佑之覺得那細細的眉目，像是始終在凝望著自己一般，讓他打從心底生出一股親切感。

明明是那個女人在說話，但他卻在恍惚間聽見了父親的聲音。

「爹和你娘從沒有怪過佑兒，佑兒能夠這麼堅強地生活，已經是爹娘最大的驕傲。只要是你做的選擇，只要你能夠過得幸福，父親便會打從心裡感到欣慰。」

在袁香兒的視線中，韓睿的身影從小小的瓷人中出現，帶著一層淡淡的金光，伸出雙臂圈住了自己低頭哭泣的孩子。

夜裡，袁香兒回到收拾好的客房中。

韓睿站在她的面前，整了整衣袖，慎而重之地行了一個禮。

「韓大夫，你這就要走了？你……能夠放心了嗎？」儘管知道離別的時間遲早會到來，但袁香兒的心裡還是有說不出的難過。

「為人父母，永遠都沒有對孩子放心的時候，如今可喜的是，看到佑兒能夠如此獨立堅強，那位、那位膰娘子，也確如您所言，善良寬厚。」它輕輕嘆息，「而我再也做不了什麼事，該當早些去我該去的地方，麗娘還在那邊等我。」

「韓大夫，」袁香兒忍不住開口問道，「你一生救過無數人的性命，最後卻遇到豺狼一般的惡徒，你心裡有沒有覺得不值得？」

韓睿低眉淺笑：「君子之樂，仰不愧於天，俯不怍於人，固有缺憾，也足矣。何況若非如此，只怕我也得不到先生您的幫助。」

其實袁香兒無法理解這個時代「聖人式」的倫理道德觀，對她來說，這是一種過於迂腐陳舊的思想。但不得不說，能像韓睿這樣一生堅守著善良和豁達的人，還是讓她由衷敬佩。

正因為如此，平日裡只喜歡過好自己的日子，不愛多管閒事的她，也希望自己能為這位先生多盡一點力。

「還有什麼是我能夠為您做的嗎？」

「如果可以的話，倒是有一件小事……」韓睿輕聲細述，說出了自己最後的請求。

「這不過是舉手之勞，就放心地交給我來辦吧。」

不知道大雪什麼時候停了，推開窗戶，深山寒夜，浩瀚蒼穹，銀河流光。

屋內已經沒有了韓睿的身影。

回到靈力充沛的靈界，烏圓也不知道溜到哪裡去了。袁香兒獨坐窗前，看著屋外的星空雪景，突然想念那一團白色的毛茸茸。

這裡的木屋沒有火炕，又開了窗子，寒氣伴隨著星光一起從窗外滾進來，讓袁香兒不自覺想起在一個森林裡的樹洞之中，她把自己埋在一條大毛尾巴中的溫暖舒適。

「小南這會兒在幹什麼呢？」她這樣想著。

南河蹲在火炕邊緣的墊子上，正看著窗外的星空。

天狼族的天賦能力是汲取星辰之力，今夜雪後初晴，星空分外明亮，最適合入靜觀想，溝通天地，感應星辰。但不知為什麼，它心中有些煩躁，始終靜不下心來。

它再次把壓在身體下的三角形符籙扒拉出來，仔仔細細地盯著上面的紅色符文看了半晌。它不知道自己今天把這張符籙翻出來多少次，想往裡面注入一點靈力，卻沒什麼特別想說的事情。

浪費只能使用三次的珍貴符籙來做這種無聊的事，會被嘲笑吧？南河伸出白色的小爪子，把那個三角形翻過來、翻過去地撥弄。

符籙上的紅色符文突然亮了起來，把它嚇得向後跳開一步。

『南河？睡了沒？』熟悉的聲音從符籙中傳來。

袁香兒趴在床上，雙手的食指和中指併攏在一起，夾著符籙，注入靈氣，對亮起來的符文說話。

過了半晌，符文裡才傳來低沉的聲音，『嗯，尚未。』

小南好冷淡呀。袁香兒在床上滾了半圈，擔憂自己是不是打擾到南河了。

『南河，我找到阿騰了，韓大夫的兒子果然在她這裡。』

『一路上遇到了不少小妖精，我把帽子送給了一個光著腳的小女孩。』

『晚上阿騰請我吃火鍋，還喝了點小酒，這裡的羊肉真好吃，等我回去之後，我們也一起吃一頓羊肉火鍋吧。』

『山裡好冷呀，我凍得睡不著。不過這裡的星星特別美，感覺自己離天空特別近。』

『小南，韓大夫離開了，我心裡有些不好受。』

袁香兒絮絮叨叨說了許多話，當她擔心南河可能會不想聽，而準備停下來的時候，符籙上的紋路及時亮了亮，傳來南河短短的回應聲。

往往只有一個「嗯」或是「可以」，但那微微帶著點磁性的聲音，聽起來似乎也沒有那麼的不耐煩，於是袁香兒就繼續說下去。

空山雪嶺，浪漫星河，在這樣寂靜的寒夜，縮在無人的小屋，肆意浪費著自己的靈力，和遠處的一位異族精靈聊天，真是一種別致而有趣的體驗。

袁香兒幾乎快要把自己的靈力耗盡了，才勉強放手。

第二日早晨，宿醉未消的阿騰軟趴趴地掛在袁香兒的胳膊上，看她幫忙拯救自己差點燒糊了的小米粥。

「站好，妳這樣我沒辦法做事。」袁香兒往煮熟的小米粥裡放了一把桂圓乾，再攪進一個雞蛋，香味就出來了。

「我們蛇族本來就是軟的，這都軟了好幾百年了，改不了，何況還是冬天呢。」阿騰開始耍賴。

袁香兒噗哧一笑，「妳和我剛認識的時候可不一樣，那時候是多麼一本正經，舉止都透著一股講究勁，害我以為是哪裡來的女先生。」

虺騰從袁香兒的身上溜下來，坐到了窗臺上，她抬起白皙的脖頸，漂亮的眸子看向遠處，「那個時候，我一心想做一個人類，努力且拚命地模仿著你們，總想著方方面面都要像一個真正的人類那樣。如今卻不同了，我只要自己過得開心就行，不需要在意其他人了。」

院子外的大門敞開，韓佑之提著水桶進來。

「小佑，快來吃早餐，我和香兒一起煮了好吃的小米粥。」颬548探出腦袋向他招手，「這麼早起來做什麼？你這個年紀很需要睡眠，我記得我像你這麼大的時候，一整個冬天都是睡過去的。」

韓佑之站在颬𩙪的面前，任憑她數落，臉上甚至帶著一點點不易察覺的笑容。

袁香兒白了颬𩙪一眼，沒揭穿她所謂的「一起煮了小米粥」，不過是幫忙敲了兩個雞蛋。

她看得出颬𩙪是真心實意地喜歡這個孩子，而這個驟然失去一切的男孩，也確實將妖魔的世界當成了自己的家。

在吃早餐的時候，袁香兒聊起找到這裡的經過。

「拿著金球的小女孩？」颬𩙪吃驚地抬起頭來。

「嗯，四五歲的年紀，穿著短短的棕色斗篷，光著腳，和人類一模一樣，一點都看不出破綻。」

袁香兒忙著給烏圓端一杯溫水，防止它因為吃太多小魚乾而噎著了。

「那可是厭女，由怨靈生成的魅。」颬𩙪提醒她，「它的脾氣不太好，妳千萬別招惹它，它已經活了很長的時間，十分強大。」

「我都說過它很可怕了，阿香妳還不信。」烏圓含糊不清地附和。

阿騰突然想起一事，拉住袁香兒的衣袖，「小南進入離骸期了吧？妳得提醒它要小心一些，最近整座天狼山的大妖都在找它，想趁它最虛弱的時候，一口吞了它這隻天狼血脈。」

「離骸期？」

袁香兒是第一次聽說過「離骸期」這個詞彙。

吃過早餐，袁香兒告辭離開。

阿騰和韓佑之一起將她送出門。穿著月白色棉袍的少年，最後攏起袖子，默默向袁香兒彎腰行了一禮。

袁香兒突然從那個瘦弱的身軀上，看到了他父親的影子。

走在下山的道路上，袁香兒一直想著阿騰最後說的那些話。原來小南正在經歷那麼危險且艱難的事情，所以才總是把自己搞得渾身是傷，還想獨自回去天狼山。

「烏圓，你知道什麼是『離骸期』嗎？」袁香兒問烏圓。

「不知道，聽說要反覆經歷離骸重塑的過程，想想都疼死了。」烏圓蹲在袁香兒的肩上抖了一下身體，「我們貓妖沒有這個時期，大部分的妖族都沒有這個時期，就算修成大妖，也不過經歷一場雷劫就好。」

「一場雷劫就好？雷劫難道不恐怖嗎？」

「到了那個時候，父親肯定會幫我的，沒什麼好恐怖的。」烏圓驕傲地說。

袁香兒明白了，這是一位有父親疼愛的妖二代。

她想起那個渾身血淋淋、獨自躲在樹洞裡的小狼。南河是這個世界上最後一隻天狼，在它最難熬的離骸期，不僅沒有夥伴的護持，還要不斷躲避各種敵人的傷害。

「妳要回去了嗎？」一個女性的聲音突然從路旁響起。

被稱之為「厭女」的小女孩，從一棵老槐樹後露出它那小小的身軀。

烏黑虯結的樹幹，襯得它的肌膚比雪色還要蒼白。

「是的，我這就回去了。」袁香兒悄悄後退了一步。

「陪我玩一會兒球吧？」厭女從身後伸出手，小小的手指上握著那顆金球。

明明沒有風，但它帽沿下的兩顆絨球卻飄動起來，腳下的白雪在無形的威壓下擴散，冰涼的雪霧撲了袁香兒一身。

妖魔大多數都很純粹，力量強大，不講道理，從不遵守人類社會的那些規則，它們直白地表達自己的欲望和需求，只憑自己喜好行事。

雖然袁香兒不高興，但也不想和它打起來，於是伸手接過它手中的金球，「行，那就陪妳玩一會兒。」

這種球她從小玩到大，十分熟練，一抬手，那金球便順著手臂一路滾過肩頭，從另一隻手臂上滾落，落地之前又被腳尖挑起，金色的小球高高地轉在空中，灼灼生輝，發出悅耳的叮噹響聲。

「烏圓，來！接著！」

「看我的！」

烏圓從袁香兒的肩上一躍而下，在空中團身變化，髮辮飛揚，金靴少年，輕裘翻飛蹴金鞠，雪貓戲撲霜花影。

隨後，那小小的金球飛向厭女，厭女那張面具般的面孔，終於露出了一點點笑容，它張開小小的雙臂，輕巧地用額頭接住了旋轉不停的金色小球。

小女孩在雪地間飛舞，薄薄的棕色斗篷展開，宛如一隻在冰雪世界中撲騰的飛蛾，金色的小球伴隨著它的動作來回滾動，彷彿和它融為一體般，圓熟自如地四處旋轉，清脆的鈴聲遠遠地傳送開來。

三個人玩得興起，一時間忘記了先前的緊張氛圍，彼此炫技，極盡所能。厭女是三個人當中玩得最好的，從小接觸的袁香兒和身手靈活的烏圓都遠不如它。

「行了，行了，這沒辦法比，只能認輸了。」袁香兒出了一身汗，喘著氣停下動作。

烏圓變回貓形，不甘心地喵了好幾下。

「好久沒有玩得這麼開心了，平時都是我一個人玩。」厭女伸著一根小小的手指頂著球，鏤空的小球在它白皙的手指上滴溜溜地旋轉。

「本來，我也有一個一起玩球的朋友。」它看著被摩挲得錚亮的金球，「她是一個人類的孩子，在森林裡迷了路，被我發現了。」

「我那時候想把她吃掉，可是她好像一點都不怕我，還拿出這個金色的小球，說要教我一起玩。」

「我們一起在森林裡玩了很久，她餓了，我給她找東西吃；睏了，就和我一起睡在山洞裡。後來她的家人找到這裡，她就把金球留給我，還說會再回來找我，我就讓她走了。」

它說這些話的時候，小臉上帶著一點天真的笑容，像是個回憶著童年趣事的小小女孩，但說到最後那句話的時候，聲調突然冰冷，一瞬間變回活了千年的女妖。

袁香兒看著它手中已經起了包漿的金球，不知道這是多少年前發生的故事。

「如果妳只是想要玩這個，等我有空了，可以時常到這裡來陪妳玩。」她誠懇地說。

厭女突然停住了球，把它拽在手心，抬起頭來看向袁香兒，「阿椿那時候，也是這樣說的。我一直在這裡等她，可是她再也沒有來過。」

它身上那件短小的棕色斗篷，緩緩地延伸變化，在迎風中抖動展開，遮蔽了天日，化為一隻巨大的飛蛾。

那飛蛾的頭部是厭女的面龐，只是多了隨風飄搖的觸鬚，和詭異的口器。

「人類，我不會再相信妳。你們就留在這裡，哪兒也不許去。」嗡嗡腹語聲響起，巨大的蛾翅在空中扇動，鋸齒狀的蟲足向著地面抓來。

烏圓弓著背，豎起尾巴，全身的毛都炸了，發出自以為凶狠的威嚇聲，相比起數米高的巨大飛蛾，那巴掌大小的身軀幾乎看不見。

它勉強擋在袁香兒的面前，小小的腿肚嚇得直打哆嗦。

袁香兒捏住它的後脖頸把它擰起來，丟進後背的竹簍中，「你躲好，別出來。」

她反手祭出四張金光神咒符，符籙凌空，四位金甲神像出現在四柱方位，高舉手中寶鏡，面色威嚴，打出四道金光照向居中的厭女。厭女乃是怨靈滋生成的鬼魅，被神光一照，發出刺耳難聽的尖叫聲，它扇動翅膀，升向高空，向著袁香兒露出憤怒的神情。

蛾翅扇起颶風，捲起千堆雪、漫天沙，大地晃動，雪塊和石頭凝成一個巨大的身影，搖搖晃晃地站了起來，那石人揚起胳膊，攜著狂沙亂石向袁香兒掃來。

袁香兒的左眼亮起一層微光，雙魚陣顯現，形成一個圓球形的透明護罩，在石人的一掃之下，護罩護著其中的袁香兒，順著山坡飛快地往下滾落。

「鯤鵬的雙魚陣，為什麼會出現在妳的身上？哼，除非他本人前來，否則妳也跑不了。」厭女那冷冰冰的聲音在空中響起。

袁香兒身在陣中，隨著雙魚陣一路滾下山坡。

天空中那隻巨大的飛蛾遮蔽了陽光，在她的翅膀邊緣化出一圈金邊，但那些金邊突然散了，無數的小小飛蛾從翅膀中幻化成形，自天而降，密密麻麻圍堵住袁香兒所在的雙魚陣，棕色的翅膀不斷撲騰著。

雙魚陣終於停了下來，山坡上的石人邁著長腿從山頂上追下。

「阿、阿香，不然我們再留下來陪她玩一會兒吧！不就是玩球嗎？犯不著拚命！」烏圓小心翼翼地從背簍裡伸出腦袋來。

袁香兒被滾動的雙魚陣摔得七暈八素，她才剛睜開眼，就透過覆蓋在球陣外的那些翅膀間隙，看見一道銀色的身影從遠處奔來。

她揉了揉眼，發現自己沒有看錯。

那身影越來越近，銀色的毛髮從她的頭頂一躍而過，在空中化為巨大的天狼，如流星一般撲向高懸在空中的飛蛾，將那隻龐大的飛蛾從空中撲落。

——〈妖王的報恩〉未完待續——

高寶書版集團
gobooks.com.tw

YE 048
妖王的報恩（卷一）降妖

作　　者　龔心文
責任編輯　眭榮安
封面設計　虫羊氏
內頁排版　彭立瑋
企　　劃　何嘉雯

發 行 人　朱凱蕾
出　　版　英屬維京群島商高寶國際有限公司台灣分公司
　　　　　Global Group Holdings, Ltd.
地　　址　台北市內湖區洲子街 88 號 3 樓
網　　址　gobooks.com.tw
電　　話　(02) 27992788
電　　郵　readers @ gobooks.com.tw（讀者服務部）
傳　　真　出版部 (02) 27990909　行銷部 (02) 27993088
郵政劃撥　19394552
戶　　名　英屬維京群島商高寶國際有限公司台灣分公司
發　　行　英屬維京群島商高寶國際有限公司台灣分公司
初　　版　2023 年 7 月

原著書名：《妖王的報恩》由北京晉江原創網絡科技有限公司授權出版。

國家圖書館出版品預行編目 (CIP) 資料

妖王的報恩 / 龔心文著 . -- 初版 . -- 臺北市：英屬維京群島商高寶國際有限公司臺灣分公司，2023.07
冊；　公分 . --

ISBN 978-986-506-758-8（第1冊：平裝）

857.7　　112008689